香港作家巡禮

香港山旮旯 2
約定待續

文婷　徐振邦　著

他鄉尋舊味

曾經和自己約定：每年都要外出看看，看看外面的世界如何變化。今年也不例外，跟朋友約定去玩一玩。

初去檳城的清晨第一餐，選擇去當地開了七十多年的粵式茶樓——大東酒樓。説來好笑，兩個香港人去到外地，選擇的仍是最熟悉的味道——飲早茶。理由很簡單，朋友説：平日開工時間太早，放假睡得太晚，已經很久沒喝早茶。而這間茶樓仍然延續着拿卡去蓋章拿食物的傳統，可以在煙霧繚繞的餐車前挑選自己喜歡的食物，實在別有一番風味。這也讓我想起初到金鐘站上蓋的名都酒樓，所有的茶點圍繞成一圈，即煎的蘿蔔糕飄着香氣，沸水裏汆燙着鮮綠的生菜，澆上特製的蠔油，放到嘴裏爽脆鮮甜，各種糕點不停更新，讓我彷彿是劉姥姥初入大觀園般，樣樣新鮮。

仲夏，初訪台南，在我身邊疾馳而過的機車，看到房子上碩大的廣告牌，讓我彷彿置身家鄉的小城鎮。我在這裏，完全沒有提前做任何旅行攻略，每天睡醒，就到傳統市場覓食；街上都是質樸的小店，樓上居住，樓下使用來做生意，僅僅用木板和彩色顏料，寫下大大的「虱目魚湯」、「滷肉飯」。我路經一家店，兩個上了年紀的夫婦，動作嫻熟地將麵團放入滾燙的熱油中，看白白的麵團瞬間變得焦黃酥脆，讓我不禁驚呼：「這是我吃過最好吃的油條！」店舖僅僅賣油條一種食物而已，正當我和表姐討論店主如何維生時，赫然發現時間到了十二點，小店便關門大吉，然後貼上星期一公休，原本喧鬧的菜市場也變得靜靜的。

這種安靜遠離煩囂的環境，香港的離島也大概如此。從中環碼頭出發，乘搭渡輪到坪洲，小狗慵懶地在岸邊曬太陽，就算有遊人經過，牠的眼皮也不抬。島上僅有一個菜市場，一處公屋，每到午後，島上就像進入午睡狀態，即便是騎腳踏車，也不敢鳴鈴警報，生怕破壞了原本的寂靜，僅有一些咖啡廳靜靜地敞開，接待前來觀光的旅客。

　　我感到很開心，我有份參與的第二本《香港山旮旯》能和大家見面。我希望文中的山旮旯之地，能勾起你最熟悉的那個香港，像你最熟悉的那杯檸檬茶，一飲而盡，酸甜解渴，還是那個最讓你熟悉、心安的味道。

今次，我們從尖沙咀出發……

　　這天，我在尖沙咀巧遇文婷，決定結伴到加連威老道的餐館用餐。

　　「你知道嘛，這裏的疏乎厘是很有名氣的……」文婷剛坐下來，已急不及待向我介紹餐館的美食。

　　正在點餐的文婷，卻被我打斷：「上次寫完《香港山旮旯》之後，你還有繼續寫微型小說嗎？」

　　文婷沒有回應，雙眼仍在掃視餐牌上的美食：「網友還有推介瑞士雞翼……」

　　「我覺得《香港山旮旯》的概念是不錯，如果可以的話，沿這個方向繼續寫下去。」

　　「餐飲要熱咖啡，你也試一杯吧。」

　　「當初，你決定以香港為寫作方向，是正確的。既然開始了，就要堅持下去。」

　　「你還想吃甚麼？」文婷把餐牌遞給我。

　　我翻開餐牌，漫無目的地左翻右翻，繼續說着寫微型小說的事。

　　這時，文婷又遞了一疊資料給我。

　　我望着文婷：「這是甚麼？」

　　「初稿。」

　　「甚麼初稿？」

「你剛才不是説繼續寫《香港山旮旯 2》嗎？這裏有十篇，我已完成泰半……」文婷望着我，「你的部分完成了沒有？」

　　就是這樣，《香港山旮旯 2》在未有約定之下，我和文婷已經開始了。

寫於太平館用餐後
2023 年 12 月 20 日修定

故事地圖

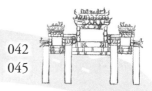

油尖旺區

1

老火靚湯

/ 文婷

　　有一家川菜連鎖店，其中一間分店在阿傑公司附近，位處尖東。由於食店價格合理，阿傑就成了食店常客。最近，阿傑看到了關於該餐廳有免費送飯的報道，阿傑想了想，大概像是深水埗明叔那樣，派飯給有需要的人吧！

　　這天，阿傑在店內用餐時，看到有一位大叔，經過餐廳門口五次，不像是想要進餐廳吃飯，也不像是在找甚麼東西的樣子。由於阿傑覺得好不容易可以提前下班，還是決定不要多管閒事，靜靜享受浮生偷來的半點閒。

　　當大叔第六次徘徊在餐廳門外，終於走入餐廳，並在阿傑鄰桌坐下。店員走近大叔時，大叔故作神秘地小聲說了句：「麻煩你，要一碗老火靚湯。」

　　店員聽到後，微笑點點頭說：「好的，你稍等一下。」

　　阿傑奇怪地撓撓頭，這明明就是家川菜燒烤館，而且自己也是老顧客了，竟然不知道甚麼時候也流行起煲湯了呢？竟然不好好宣傳一番，作為一名資深老火湯忠實支持者的他，也決定試一試。

「高佬，餐廳在甚麼時候開始，也做起老火湯的生意？餐牌竟然不介紹一下，你們老闆真會做生意。」阿傑向相熟的侍應員查詢。

侍應員高佬看到是老顧客要求，便向他擠眉弄眼，神神秘秘地說：「這個老火湯⋯⋯我們是不賣的，稍後再跟你解釋。」

阿傑不明所以，難道這大叔是真正的老闆，靚湯是餐廳內部福利？難怪剛才老闆「五顧家門」而不入，原來是巡視內部業務，果然是深藏不露。「大老闆」的衣着也是普普通通，看見餐廳內人流如鯽，阿傑也只能忍住自己的好奇心，繼續享受桌上的串燒。

事實上，鄰桌飯菜上桌時，也沒見甚麼老火湯，也不過是跟他一樣的尋常串燒套餐配白飯。

待阿傑吃飽了飯，隔壁桌「大老闆」也完成了「業務巡視」，步向收銀台。高佬看見「大老闆」想要付錢，表現得一臉驚訝，但沒多久，還是收下了。

阿傑也走到收銀台準備買單，順便調侃幾句：「怎麼，你們大老闆來吃飯也要付錢？」阿傑見高佬流露出疑問的表情，唯有補充道：「呐，就是剛剛說要喝老火靚湯的大叔，是來巡視餐廳業務吧！」

「不⋯⋯不是的，那是我們公司的一項新活動，為

有需要的人提供免費餐，而為了避免顧客尷尬，『老火靚湯』便是這個餐點的暗號。」

「真看不出來，那……大叔為何要付款呢？」

「說來也奇怪，那大叔之前來吃過幾次免費飯，知道不用付錢的，但今天卻堅持付款，說自己的境況已經緩解，找到新的工作，感謝我們餐廳之前給予的幫助。」

阿傑恍然大悟，戲稱自己這個老火湯忠實粉絲今天也喝到了滋潤心靈的「老火靚湯」。

2

夜市

// 徐振邦

　　他的台灣合作夥伴 A 要到內地交流，由於行程緊迫，沒有安排餘慶節目。然而，A 受到由網紅所介紹的香港美食特輯的影響，決定要更改機票，提前一日的下午來港，品嚐美食。

　　A 預訂了從台灣來港的機票，邀請他來當嚮導，計劃要到廟街吃煲仔飯、避風塘炒蜆，還有要享用獲得街頭米芝蓮榮耀的狗仔粉和甜品。

　　A 覺得吃個飽後，能容易入睡，然後可以精神飽滿地進行交流。想到這裏，A 已急不及待地準備出發。而他亦安排好行程，讓 A 可以體會到香港美食之都，並不是浪得虛名。「油麻地、官涌一帶，有不少美食，香港人、中外遊客都喜歡在這裏用餐。」他告訴 A 說。

　　「這句話都已讓我垂涎三尺了。」A 對他的安排感到滿意。

　　這天，A 準時出發，準備來港。原定下午四時的航班，在抵達香港後，登記入住旺角的酒店，就到了用餐時間。可是，A 的如意算盤算錯了——航班延誤，未能按時起飛。

　　「飛機要延遲起飛。」A 通知他。

「時間尚算充裕，稍等一下，不要緊。」他回覆着。

A明白到，飛機延誤，也是無可奈何的事。幸好的是，時間尚早，應該對行程沒有影響。

這樣一等，就是三小時，還未到登機時間。不斷更新的航班資料顯示：登機時間是七時半。

「時間是有點緊迫，我會再安排美食行程。」在香港機場也呆等了三小時的他說。

結果，飛機在八時從桃園機場起飛，並於9:45降落在赤鱲角。

他帶着手提包，走到入境大堂，已經是十時一刻了。他倆相對苦笑着，然後，他駕車帶A到旺角的酒店。

辦理好入住手續後，大家已感到疲倦了。

「我們去廟街逛逛。」

A搖着頭，苦笑着：「累了，下次再吃吧。」

「你還是要吃點東西吧。」

「就這裏吧，現在大部分食肆都已經關門了。」A指着食肆招牌無奈地說。

他抬頭望望A的手指方向，嘆了一口氣：「我們走吧。」

結果，他帶着A，在二十四小時營業的快餐店，簡簡單單享用了一頓香港茶餐廳美食……

油尖旺區

3

藍雪櫃

/ 文婷

　　透過窗戶，蘭姐坐在窗前，瞇着眼，就看見了對面街那個藍色的雪櫃。

　　在皎潔的月光下，伴隨着吳松街的燥熱，給人一種扎實的清涼感，她大概可以感受到，雪櫃裏面冰凍着的雪碧汽水，躺着的三個青蘋果，還有幾盒應節的萬聖節巧克力蛋。如果她沒有記錯，上面還有一張小卡片，寫着：「親愛的大小朋友們，萬聖節快樂喲！」

　　蘭姐想到這裏，掩着嘴偷偷笑了，當年那種住在木屋裏面的人情味似乎又回來了。她小時候總是盼望着過節日，這樣媽媽便會從不同的鄰居那裏獲得些只有過節才吃得上的甜頭！現在她也做着這樣的事，那雪櫃裏的巧克力蛋是她準備的呢！她倒要瞧一瞧，是哪個幸運兒，領取了她的禮物。

　　才坐了一會兒，便看見了隔壁的燕芬，帶着女兒曉琳路過，只見曉琳打開雪櫃看見巧克力蛋後尖叫起來：「媽媽，今天有巧克力蛋！」即使蘭姐看不清曉琳激動的表情，但是聽見這樣充滿驚喜的聲音，心裏也樂滋滋的。燕芬是單親媽媽，獨力帶大女兒並不容易，但燕芬只讓曉琳拿了一個巧克力蛋便離開。

待蘭姐洗完頭髮，站在窗前吹頭時，只見一個年青人正從冰箱裏面將一打雪碧搬到電單車上，沒等蘭姐喝止，他們早已發動摩打，揚長而去。蘭姐氣極：「真是甚麼人都有，年輕人有手有腳，這雪櫃裏本是善心人士的捐贈物資，幫助有需要的人度過疫情難關，貪心的人竟然打雪櫃的主意！」

　　天還沒大亮，蘭姐便早早來到公園，跟對面的張嬸憤憤不平地分享昨天晚上的見聞。

　　「真是離譜，一點公德心都沒有，這麼多獨居的公公婆婆只是來拿一點需要的物資。」

　　「就是，那一打汽水，哪怕是在烈日下掃地的阿婆，也只是拿一瓶來解解渴，他們竟然全拿走了。我大概認得他們甚麼樣子，下次讓我見到，一定要他好看！」

　　還真是皇天不負有心人，讓蘭姐憤憤不平的電單車，在下午又在附近出現，原本還在閒聊的蘭姐，馬上上前質問對方是否昨天取走了一打汽水。

　　小伙子不好意思地撓撓頭，承認道：「昨天家裏搞派對，汽水剛好喝完了……但，我今天馬上去商場補貨了，你看！」兩打汽水綁好在電車上，他手腳嫻熟地將汽水放進藍雪櫃，看着蘭姐點頭示意。蘭姐的氣才消了。

「對不起，我不應該隨意挪用的，為你的工作帶來麻煩……」

「不不不，我……不是工作人員。」

小伙子滿臉問號，一臉茫然。蘭姐説道：「疫情時，大家都還在四處搶口罩，我呢，這個老人家，不會手機電腦，哪裏搶得着？我的口罩，還是藍雪櫃的愛心人士捐獻的，所以，我希望有用的物資，能用到有需要的人身上！」

4

巨人

// 徐振邦

深夜二時，老伯拉着紙皮，在吳松街一帶留連，似乎要在路邊尋找一些還有用，或值點錢可以變賣的物品。

正當老伯走到一個雪櫃前，他以嫻熟而敏捷的手法，打開雪櫃，取走了幾包即食食品、兩個麵包，以及一支水，然後匆匆離開。

這是一個共享雪櫃，是為有需要人士而設的。任何人都可以放有用的物資在雪櫃內，亦可以取用雪櫃內的資源。這種資源共享的理念，可減少浪費，又可幫助有需要的人，一舉兩得。

第二晚，深夜二時。老伯又再途經吳松街，取走了一些食物。

如是者，老伯定時在雪櫃取用物資，維持了一個月。

////////////

她是其中一位長期資助人，本着施比受更有福的心態，希望可以略盡棉力，幫助有需要的人，所以，她幾乎每天都會把物資放入雪櫃內。在街坊眼中，她的善行，就是一位巨人。

她每晚都會在差不多的時間，把食物放入雪櫃。她和老伯也踫過幾次面，但兩個人，沒有交談，亦沒有打招呼。

　　這晚，她放好了食物，站在一旁，等待老伯出現。

　　老伯如常在深夜二時，到雪櫃取走食物。她站在不遠處，看得很清楚——老伯取走了三件小蛋糕，兩包紙包飲品，兩個罐頭午餐肉。

　　「這丁點份量的食物，夠了嗎？」她想。

　　然後，她跟着老伯，看看老伯在生活上還有甚麼困難，希望可以幫助老伯。

　　老伯拉着紙皮，在吳松街、廟街、白加士街、寧波街、新填地街、西貢街一帶，走了約一小時。最後，老伯走到九龍佐治五世公園前，坐了下來，似乎這裏就是老伯今晚要休息的地方。

　　她目睹老伯的一舉一動，不禁流下淚來。這時，她才知道，自己的善心，根本無法與老伯相提並論——

　　過去一小時，老伯在一幢唐樓的樓梯底，放下了兩件小蛋糕，說：「慢慢吃，今天的小蛋糕應該很美味」；在新填地街的轉角處，放下了兩件舊衣服，以及兩個罐頭午餐肉：「這兩件衣服還很乾淨的。」在新填地街的空置店舖前，老伯放下了飲品，以及一對涼鞋：「不要

19

再光着腳了。」

　　老伯花了一小時，把得來的物資分發給附近一帶的露宿者，自己卻沒有享用過雪櫃內的東西。

　　在她面前的老伯，並不是普通人，而是一個巨人——清楚社區情況，真心幫助有需要的人。

5

尋夢

/ 文婷

　　今天是聖誕新年假期結束後的第一個上班日，作息仍未調整，在連打了幾個呵欠後，我的眼淚也不禁流了下來。

　　我約了許久不見的老師，晚上到旺角的酒樓吃晚飯，順便給他旅行手信。我看了看時間已不早，便從工作地點乘車出發。適逢下班高峰，愣是在路上堵了二十分鐘，我只好在豉油街下車，再徒步到酒樓。在我的記憶中，酒樓就在附近，卻找了很久也找不到。

　　我找了路人問道：「請問之前在這裏的酒樓呢？怎麼找不到呢？」

　　「酒樓？沒聽說過呀！」

　　「不可能呀！我去年才在酒樓吃過晚飯。」

　　不死心的我決定再找個年紀稍長的老伯問路：「伯伯，請問之前在這裏是不是有一間酒樓？現在怎麼找不到？」

　　「酒樓？早就停業了，聽說要變成商場。」

　　這時候，老師剛到達，聽聞酒樓已經停業，也是十分震驚。

「好可惜，還沒聽到任何消息，酒樓就這樣悄悄停業了。」

「對呀，酒樓是香港為數不多仍保留舊式點心車。」

「酒樓的椰皇燕窩燉鮮奶是在別處吃不到呢！我之前還想撰文描寫它的獨特之處：那椰香和奶香的完美融合，甜度恰到好處。」

「我們曾書寫的小說，把具香港特色的資料內容，通過文字記錄下來。對了，我已經寫了十幾篇，你要是還沒提筆，就要加油了！寫一寫舊式酒樓的微型小說，也是不錯。」

「的確，我……我……還沒開始……」

//////////

「你要是累了，就回家休息吧，別再留在這裏了。你睏得睡着了，不如早點回家休息，明天再工作吧！」鄰桌的同事敲了敲我的桌子。

我看看手錶，原來已經是六點，心想：「工作忙，還要寫小說，想成為小說作家，連做夢也想着這些，似乎作家的路並不容易走……」

這時，我的手機訊息叮的一聲，原來是老師傳來的訊息，上面寫着：「我們明天去旺角的倫敦大酒樓吃晚飯，

順便談談小說的內容，怎麼樣？」

深水埗區

6

霓虹燈

// 徐振邦

他住在劏房，主要的原因，是付不起高昂的房租。

事實上，劏房的租金一點也不便宜。以他現在住的劏房為例，月租是五千多元，只有一百三十呎，更是沒有窗口的「黑房」，平均租金呎價竟然高達四十元。這個租金價格，已佔了他的收入泰半。

為了減少支出，他決定找一間租金較便宜的住處。

他首選劏房的地方是深水埗區，就是喜歡這裏交通方便，也較接近工作地點。不過，深水埗的劏房租金一直高踞不下，他找了很久，也找不到合適的房間。

正當他為尋找劏房而感到苦惱之際，有地產經紀聯絡他：「剛巧有一間租金廉宜的小房，一百五十呎，有兩扇大窗，租金每月只需三千六百元，你有興趣嗎？」

「有。」他想也不想，馬上答應了。

他不明白為甚麼南昌街會有這樣的一個劏房「筍盤」，直至他入住的第一晚，他就找到答案了。原來他的窗戶對着一個大型霓虹燈招牌，把整個房間映照得又紅又綠。這個亮度已足以影響睡眠，難怪租金這樣便宜了。

儘管他有點後悔，但想到房間租金便宜，也不能計

較得太多。他心裏明白：「有窗口的住所，總比黑房好得多。」幸而，過了幾天，他不僅接受了「光污染」，還愛上了這個地方。

他在晚上睡不着時，喜歡看看這個「押」字霓虹招牌，覺得特別好看；有時，他還會見到有人對着招牌在街上拍照，覺得這個霓虹招牌，是香港的特色，亮得很耀眼。漸漸地，他習慣了在晚上被霓虹招牌照着的日子。

「這是香港不夜城的特色。」他還記得，「一個又一個霓虹招牌，組成香港美麗的夜景。」他感到慶幸，能夠擁有其中一個霓虹招牌的理想觀景台。

稍為有空，他便拿着手提電話，拍下霓虹招牌的照片，可謂對這個押字招牌情有獨鍾。

這天下午，他下班回家，發覺有很多人在他家樓下附近圍觀。他稍一定神，看見工人們正在拆卸他家對着的大型押字招牌。早陣子，他看見招牌被搭上了棚架，以為是要進行維修，殊不知，竟然是拆卸招牌的先兆。他急不及待地拿出手提電話，為霓虹招牌拍下最後的照片。

晚上，當舖外牆的霓虹招牌沒有了，令原本房間那紅紅綠綠的燈光也消失得無影無蹤。漆黑一片的房間反

而讓他變得毫無睡意。他坐在窗前發呆，直至天亮。他心想：「沒有了霓虹招牌的香港，真的是失色不少。」

一個月後，新的招牌——一個細小的押字招牌被掛在外牆。這個招牌沒有昔日般明亮，失去了南昌街地標性標誌。

於是，他下了搬家的決定。他想找一個有霓虹招牌照着的劏房，想貪婪地擁有霓虹招牌的最後光芒。

7

阿燕

/ 文婷

　　初次見到阿燕的時候，是在一間唐樓的劏房。

　　這種樓房在深水埗並不少見，只是在原有房屋的結構基礎上再分開幾個房間，而每個房間僅有一扇窗戶作通風口。身為這一區的社工，阿怡對於劏房戶所遇到的問題，已見怪不怪。

　　阿燕的家很小，卻整齊溫馨。孩子在床上，指着牆上粘貼的數字表，用稚嫩的聲音讀着。

　　「小孩幾歲了？很可愛呢！」

　　「謝謝，請問現在申請的話，甚麼時候才能夠得到活動津貼呢？」

　　「如果審批進度理想的話，應該下個月就可以得到津貼了。」

　　看着狹小的活動空間，阿怡看了看小孩説：「準備上幼稚園了吧。」

　　「是的，去幾家幼稚園報名了，就是不知道哪家收他。我們的經濟條件有限，不能跟別的小孩那樣報這個學習班，那個興趣班的。我讀書也不多，只能在家先教教他認認數字。」阿燕苦笑道。

　　「沒關係，外面也有很多適合小朋友玩的遊樂場，

可以多帶小朋友去玩玩。」

「許多遊樂場都要收費的，門外的公園只有一個滑梯⋯⋯」

確實，附近的公園設施都較為殘舊，設備稍微完善的地方，一般又要收費入場，對於阿燕的家庭環境來說，的確是一份吃不消的額外開支。她可以怎麼辦呢？

直到阿怡看到新聞上刊登的深水埗公園共融遊樂場，她瞬間就有了主意，於是在本區舉辦「深水埗社區一日遊團」，專門介紹區內較為經濟實惠的購物遊玩地點。這個一日遊團，阿燕也參加了。

看着孩子在旋轉滑梯上旋滑下來展現的笑容，阿燕的臉上也笑開了花。自此，她常常帶孩子來這個公園玩，遊樂設施齊全，也認識了不少跟她一樣住在深水埗的媽媽們，還給她介紹了不少買菜便宜的地方。這個月，她真的省下了不少錢呢！

阿怡再次到阿燕家時，她的臉上化了淡淡的妝。當阿怡誇獎她的妝很好看時，她不好意思地擺擺手，說最近去社區的化妝工作坊學的「三腳貓」功夫。

「你的診所助理課程讀得還好吧？」

「真是謝謝陳姑娘你的介紹，我覺得課程很實用，特別是針對一些藥物藥理知識。我下個月就能完成課程

了，説不定，順利的話，等拿到結業證書，我還能去診所應聘當個助理員。」説到這句話時，阿燕的眼睛亮亮的閃着光。

九龍城區

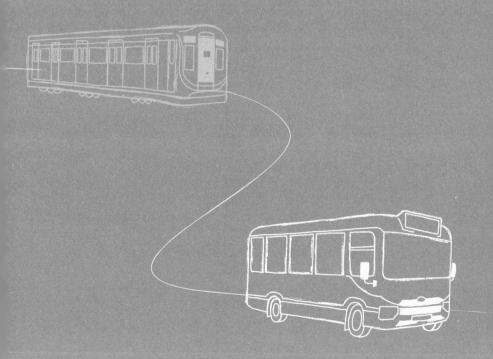

霸王餐

// 徐振邦

土瓜灣有一間開業逾一個甲子的良心飯店，受市區重建影響，飯店所處的大廈遭到「強拍」，由財團以底價十點七一億元投得項目，而整個重建項目合計四次強拍，總強拍金額高達約四十二億元。於是，在迫不得已的情況下，飯店只好宣布光榮結業。

飯店之所以被冠上「良心」二字，因為飯店一直以價廉物美見稱，而且，每晚都有五十個免費飯派給有需要人士，讓他們可以得到溫飽。

自從結業消息傳開後，不少街坊、受過老闆娘恩惠，以及慕名而來的食客，把飯店擠得水洩不通。

無論食肆有多忙，每晚五十個免費飯，仍是準時要辦妥的事。幸好，這段時間，除了多了食客光顧外，還來了幾個義工。

在最後一個營業日，有傳媒追訪老闆娘：「你會搬到區內其他地方繼續營業嗎？」

「不了，我有點累，要休息一下了。」

「這是否有點可惜呢？」

「凡事總有終結的一天，正如舊區要重建，而人老了，也要放下工作。」

「其實，妳是怎樣開始經營良心飯店的呢？」

老闆娘想了想：「許多年前，有一個人來吃飯，但沒有付款就走了。」

「吃霸王餐？」

「是。」

「妳怎樣做？」

「沒甚麼，當沒有事發生。第二晚，這個人又來吃飯，同樣沒有付款就離開了。」

「妳沒有討回飯錢嗎？」

「沒有。」

「為甚麼？」

「他應該沒有錢，才硬着頭皮來吃霸王餐的。儘管他的做法不是太理想，但我應該要體諒他，難道我要報警處理嗎？我覺得，我要讓他吃得有尊嚴。」

「之後，他還有來吃飯嗎？」

「他每晚都有來吃飯，差不多吃了半年。那時，我清楚明白到：其實有很多有需要的人，可能連晚飯錢也沒有。半年後，他沒有再來吃飯，於是，我開始派免費飯，每晚五十個。」

「就是這個人，妳開始派了近三十年的免費飯嗎？」

「對，我要讓每個人都能有尊嚴地吃一頓飯。」老

闆娘點點頭繼續説，「區內長者多，亦有不少沒錢吃飯的人。現在，我們每晚只派五十個免費飯，只是杯水車薪，根本滿足不到區內的需求。」

「你已經做得很好。」

老闆娘笑了笑：「不過，我年老了，也是時候退下火線。」

在店內聽到老闆娘分享這件事的人，無不拍手歡呼，稱讚老闆娘熱心助人。

這時，一位西裝筆挺的食客走到老闆娘面前，遞上一張寫上二百萬的支票：「妳實在太偉大了，請妳收下支票吧。」

老闆娘推搪着説：「我不能收下這筆錢。」

「為甚麼不能收下？」

「我不是為了回報才幫助有需要的人。」老闆娘堅持地説。

「這不是回報，是飯錢而已。」

「你只吃了一碟飯，不用這麼多錢。」老闆娘看了看桌上的碗碟，「連凍飲，只要三十二元。」

食客再次遞上支票：「這是在三十年前，我在這裏來吃了半年的飯錢。全靠妳，我才有今天的成就。」

老闆娘望着這位食客，一時説不出話來。

9

重逢

「該要畫一個甚麼樣的粧容？」她拿起黑色的眉筆，才剛剛塗上，卻又覺得太濃；拿起紙巾拭擦，換上棕色的眉筆，卻又突然懊悔起來。上個月去旅行時吃得太放肆，足足胖了四斤，到現在仍然沒有減下來，為甚麼要答應去見他呢？

大概是當年那個鮮衣怒馬的少年，嘴角咧開好看的弧度，說：「下次再見面，我們都要變成更好的人。」於是當她的死黨告訴她，他從英國回來了，問她要不要見一面時，她神使鬼差地點了頭。

地點約了在他們之前經常光顧的九龍城泰國餐廳，但她覺得，同街街角那家泰式甜品店的椰汁西米糕好像變小了；小攤上還擺放着各式的烤串和芒果糯米飯。這家他們常吃的泰國餐廳隆姐，2014 年的時候，午市套餐還是三十八元，十年後的今天已經升到五十塊一個套餐了。

在九龍城的衙前塱道上，她看着他走來，依然高高瘦瘦，彷彿還是當年那個剛剛從籃球場打完球回來的少年，只是，已經不再是那張稚嫩的臉，棱角分明的臉上留着鬍鬚，他像腦海中預演過的重逢畫面那樣，還是咧

開嘴笑。

「九龍城變化真大，有很多我叫不上名字的新樓盤，剛剛從宋皇臺鐵路站出來，方便了很多。我記得之前那家我們經常買東西的合成士多不見了，以前溫書的時候，我們還常常去買波子汽水喝呢！」

「你去英國沒多久之後，它就結業了，據說是租金太貴。」

「真好，你現在是一名教師啦，還是多虧我當年做你同桌的時候幫你溫習吧！」

「對對對！大律師，全靠你當年的幫助，所以今天我來請客。」

「這個海鮮沙律還是一樣的辣，當年你吃的時候，還辣得流鼻涕呢！」

「你還記得當年總是坐在班級後面那個胖子嗎？現在他跟我在同一家律師所工作。」

「真的嗎？他比你晚一年去英國唸書，真有緣分。」

恍然間，她似乎回到那個清爽的午後，有些涼快的風吹進來，她歪着頭在思考那道數學題，他的頭還沾着從籃球場帶回來的濕漉漉的汗水，看到她苦惱的樣子，罵她笨，然後耐心地給她講解那道簡單的數學題。現

在，他還是那麼健談，性格爽朗，給她分享大洋彼岸經歷過的奇葩客人，大學時代的滑稽室友。

「這次回來，打算呆多久？」

「沒多久，就是回來看看親戚朋友，然後……我要結婚啦，打算接父母過去參加婚禮。這是請帖，希望你能來觀禮。」

「恭喜恭喜，可惜，我不太方便請假。」

「沒事沒事，到時候給你寄喜糖。」

轉眼就來到黃昏，夕陽斜斜地打着光，在每個人的臉上暈開好看的光圈，他們互相說着再見，但是大概率知道，之後很難會再見到了。她定了定神，喃喃道：「再見，我的青春。」

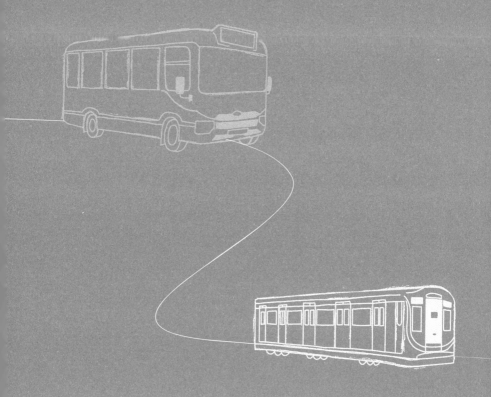

黄大仙區

10

開張大吉

// 徐振邦

老友計劃開食肆，問「口痕友」意見。

「我選定在黃大仙開業，那裏有不少旅遊景點，交通又便利……」老友解釋說。

口痕友打斷老友的話：「選址是重要，但不是最重要，就算食店在山旮旯地方開業，只要味道好，應該不會太大問題。」

「那麼，我要注意甚麼？」

「你想經營的，是甚麼類型的食肆？」

「燒肉店。」老友斬釘截鐵地說。

「香港人喜歡燒肉店，是不錯的選擇，不過……」

「有甚麼問題？」

「如果選址在黃大仙，就不要考慮燒肉。」

「為甚麼？」

「你還記得九月因大暴雨而導致的積水事件嗎？」

「當然記得。那次水災幾乎把商場地下淹沒了。」

「當時，有甚麼沒有被浸？」

「牛！」老友猛然記得水面上，有一隻牛的招牌浮在水面。

「你知道嗎？牛已成為了黃大仙的吉祥動物了。」

「那麼，食店主打是羊肉，可以嗎？」

口痕友大吃一驚，說：「萬萬不可。」

「為甚麼？」

「黃大仙本名黃初平，是一名牧童，以放羊維生。」

「我記得了，他有一個叫叱石成羊的故事。」

「既然如此，賣羊就不是好選擇了。」

「有道理，有道理。」老友恍然大悟。

「我只能說寧可信其有，不可信其無。對嗎？」

「感謝你的意見，幸好我找你商量，否則就要碰壁了。」老友告辭說，「我要再計劃開業的事，稍後再向你討教。」

「好的。預祝你開張大吉。」

站在口痕友旁邊的另一位朋友，一直沒有參與討論，直至老友離開了，才問道：「這些迷信的說法，有用嗎？你不要亂給意見，否則害他虧了大本，就不好了。」

口痕友淡然地說：「我的外號叫甚麼？」

「口痕友。」

「口痕友有甚麼特徵？」

「喜歡亂說一通。」

口痕友豎起拇指説：「亂説一通就是我的本色。」

「豈不是害了他？」

「怎樣會害了他呢？」口痕友肯定地説，「他喜歡吃，有營商經驗，做事認真用心。這樣的人，做事的成功機會率是很高的。賣牛還是賣羊，根本不重要。」

朋友同意説：「那麼，我們預祝他成功吧。」

11

暴雨

/文婷

「九龍一帶下着暴雨，黃大仙祠不斷有雨水沿着樓梯，沖入隔壁黃大仙中心北館，暴雨湧入港鐵黃大仙站，港鐵觀塘線服務受影響⋯⋯」

新聞播報員傳出關於黃大仙站的報道，跟阿強在手機上看到由路人拍到的情況有過之而無不及，還有網友拍攝到整個黃大仙鐵路站已經被雨水淹沒幾十公分，以致列車未能停靠月台。雖然阿強收到母親的訊息說已經到鐵路站，但過一會兒，他再撥打母親的電話，卻是無人接聽的狀態，而且也沒再回覆訊息。按平時，母親已經回到家裏了。

「母親會不會是遇到甚麼問題了？」阿強擔心着。

看到時間已經來到十二時， 阿強決定去鐵路站找母親，於是穿上雨衣和雨鞋出門。當阿強來到鐵路站時，四處都是黃泥灣，若是不緊緊握着扶手，很容易就會被流水帶走。阿強來到鐵路站出口，只見職員已在出口疏散乘客離開，稍稍等了一會，看見母親由一位年輕人扶着走出來。

「這麼大雨，你怎麼走了出來？」

「你沒有接電話，我還以為你出了甚麼事呢！」

「電話沒電啦，這個年輕人好，看我走得不穩，扶着我走出來。」

只見那年輕人不好意思地說了句：「沒甚麼。」轉而又走進鐵路站內。

「你怎麼還走回去？地鐵不是要關門了嗎？」

「沒關係，你們先走，站內水太深了，我回去看看有甚麼需要幫忙，就是扶一扶老人家出來也是好的。」

阿強聽了，忙着感謝那個年輕人，卻將身上的雨衣交給媽媽後，也跟隨那年輕人進入鐵路站。那天晚上阿強和一些自發的市民一起幫忙——有免費運載沒有交通工具回家的人的司機；有剛剛下班，但是卻挽起褲腿，一起幫忙站內商舖整理物資的上班族……

第二天，阿強睡到自然醒，他一如往常地打開電視機，新聞播報員報道：「遭遇百年一遇大暴雨，鐵路公司經過搶救，已恢復有限度服務……」儘管新聞報道沒有提及熱心人士的事，阿強卻為自己感到自豪。

觀
塘
區

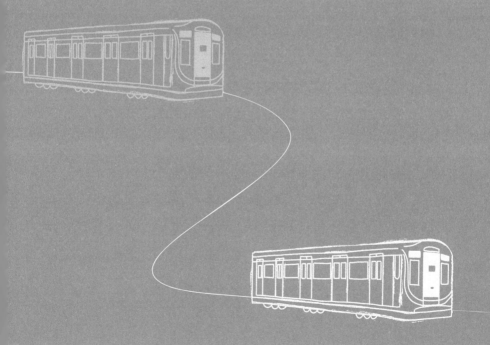

12

大餐

// 徐振邦

　　為了繳交大學學費和應付日常開支，他一完成 DSE 課程就找兼職了。

　　這天，是他首個發薪日，兼跟她拍拖百日紀念，於是，他決定請她吃大餐。他很豪氣地說：「你想吃甚麼大餐也可以。」

　　她想了一會兒，然後瀏覽網上資訊，再確認食肆地點。她對他說：「我們去鯉魚門吧。」

　　「鯉魚門？」他首次發薪其實只有五千元，原打算用一千元的預算吃一頓燭光晚餐而已，豈料她要到鯉魚門。他在心裏盤算着：「一餐兩個人的海鮮餐，一千元足夠嗎？」

　　「鯉魚門，可以嗎？」

　　為了不想掃她的雅興，他擠出笑容說：「當然可以。」

　　他倆來到鯉魚門牌坊，再向三家村出發。

　　「我一直想來三家村的，有不少網友說：這裏有很多美食。」她興奮地說。

　　「我也是第一次來鯉魚門吃晚飯，應該很美味吧。」他附和着說。

觀塘區

她沿着三家村大街一直走，經過不少兜售海鮮的攤檔。她看得很高興，每經過一間店舖，都要問東問西，例如問了海蝦、象拔蚌、扇貝、龍蝦等海鮮的價錢，又查詢了這些海鮮可以有甚麼可口的烹調方法。

她問了好幾間店舖，還沒有下定主意。

他按一按口袋裏的錢包，心想：「如此看來，這頓晚餐將會吃掉部分薪酬。」他安慰自己說，「唯有下個月再努力吧。」

其間，有食肆店員拉着她，遊說她內進吃飯，但由於食肆選擇太多，她還未有最後決定。突然，她指着前方，告訴他：「網友所介紹的店舖就在前面。」

「好的，我們走吧。」

她走着走着，在一間買蛋卷的小店停了下來。她試食了好幾款，然後取了一盒「紫菜肉鬆蛋卷」。她望着他說：「四十元一盒，可以嗎？」

他還未反應過來，只反射式回應：「可以，可以，當然可以。」然後取出四十元現鈔。

「多謝你。」她一手拿着蛋卷，一手拉着他，「走吧。」

「走？我們還未吃大餐呢。」

她把蛋卷遞到他眼前說：「這個不就是了嗎？」

「蛋卷？」他感到驚訝，「不是海鮮餐嗎？」

「網友說，這裏的蛋卷很美味的，我一直想嚐一嚐。」

「那麼，晚餐呢？」

「晚餐去茶餐廳就可以了，你還要留着錢交學費的。」

他感動得不知說甚麼，輕輕地說了一聲：「感謝你的體諒。」

「待將來有餘錢時，才來吃海鮮餐吧。」

觀塘區

13

夜繽紛

/ 文婷

　　經過幾年的疫情影響，晚上的街道總是冷冷清清，商家也節省資源，紛紛提早結束營業時間。阿美已經很久沒有試過晚上十點還在街上閒逛，但適逢政府的「夜繽紛」活動，阿美早就躍躍欲試，相約朋友阿玲到觀塘遊樂場逛夜市。

　　才剛剛到夜市時間，各個攤位已人潮湧動，連收紙皮的阿婆都看準先機，忙着將垃圾桶旁邊商戶留下的大紙箱，手法嫻熟地用腳踩扁，然後疊放在小車上。阿美和朋友先嚐了 BB 生煎包，外焦內軟，香氣十足；隨後又嚐了用鱘龍魚做的魚蛋，滿嘴都是魚香味。正當阿美打算到另外一個攤子買水時，摸摸上下口袋，錢包不見了。

　　「我的錢包不見了，剛剛買魚蛋時我還用它買單的。」

　　「再仔細找找，會不會是在你的袋子裏？」

　　「我所有的證件都在裏面，誒！這裏這麼多人，就算是真的丟了，應該也很難找到了。何況錢包裏還有幾百塊現金，就更加難了。」

　　想到這，阿美就更加沒有心思閒逛下去了，阿玲唯

有跟阿美沿着剛才來時的方向走一遍，希望能把錢包尋回，但依然沒有收穫。

阿美見阿婆仍在這裏，閒適地坐在一旁，拿出盒飯定神地望着人群，還是決定問一問她。

「婆婆你好，請問你有沒有見過一個粉紅色的錢包？我在這附近丟了我的錢包。」

「你叫甚麼名字？」

「小美。」

「錢包裏面有甚麼？」

「身份證、回鄉證、一張信用卡以及幾百現金。」

「好的，還給你吧。這是我在垃圾桶旁邊撿到的，下次小心點，被別人撿到就沒這麼幸運了。我已經留在這裏十多分鐘，等你回來。要是見不到你的話，我就要去別處收紙皮，錢包只能交給警察了。」

阿美看到失而復得的錢包，忙從裏面拿出兩百元想要答謝阿婆，但阿婆只是擺擺手，「本來就不是我的錢，我不貪心。」

「阿婆，你吃過這個夜市的東西嗎？」

「喲，這麼貴，我怎麼吃得起呀？一個雞蛋仔賣三十塊，又吃不飽，我一個叉燒飯才二十七塊，收一晚紙皮都買不到一個雞蛋仔。」

於是，阿美阿玲給阿婆買了一碗雞湯和炒粉作宵夜，並且幫忙將阿婆收到小山似的厚紙皮推到阿婆家附近。

　　「你兩個年輕人真好！」阿婆笑容滿面。

　　「你才好呢！把我丟了的錢包還給我。」

　　阿玲看着閃爍的燈飾，繽紛的又何止是夜市呢！

東區

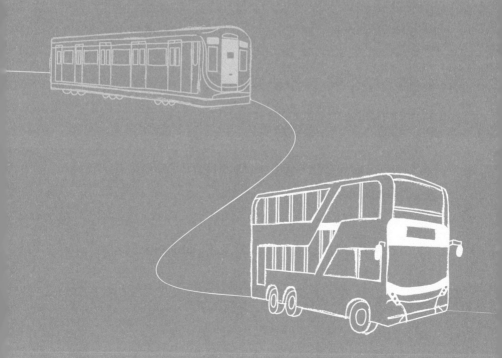

14

拜山

// 徐振邦

每年的清明和重陽，我們一家人連同叔叔一家都會到歌連臣角拜祭祖先。

多年來，我們去拜山都是用指定路線，就是在筲箕灣巴士總站乘 780 號城巴。

由於拜山的孝子賢孫眾多，我們在巴士站要等待多時，才可以順利上車。然後，在拜祭完後，又要等待一段時間，方可以返回筲箕灣。對於這種呆等完又再呆等的情況，我們已見怪不怪了。因此，在這兩個春秋二祭的時節裏，登山拜山是一件苦差。然而，我認為，一年只有兩次為祖先盡點孝心，也不應該計較得太多。

今年的重陽節，我們繼續行孝道。當我們一家人乘坐鐵路，差不多到筲箕灣站跟叔叔一家匯合時，我收到叔叔的來電說：「我們改到柴灣站上山。」

「柴灣站？」我感到愕然。畢竟，我們習慣了十多年不變的上山路線，忽然在無預警的情況下，叔叔主動提出更改路線。

「是的，柴灣站。」

「在柴灣上車，也是有很多人排隊吧？」我好奇地問。

「今天應該到墳場的人也不少，巴士站一定是擠滿了人。」

「既然如此，筲箕灣和柴灣不是一樣嗎？難道你不坐車，要步行上山嗎？」

「你的建議也不錯。」叔叔笑着說。

「人家說：重陽節要登高。那麼，你慢慢享受登高的樂趣，我們一家還是決定在筲箕灣上車。」

「我們各自上山吧，先到先等，好嗎？」

我笑着說：「好的，希望你一家有好的體驗。」

叔叔只說了一聲再見，就掛上了電話。

於是，我們一家和叔叔一家，各自登山，順便比較一下哪條路線舒服一些。

我們一家一如以往，由鐵路站走到巴士站，然後坐巴士登山。然而，不知道是甚麼原因，搭車的人少了。難道一連幾天假期，不少人已離開旅遊，沒有登高祭祖？

結果，我們很順利就到達了墳場，比平日快了差不多半小時。可是，當我們到達祖先龕位前，叔叔已經在這裏了。

「為甚麼你比我們還快到達墳場？」我問。

原來叔叔帶着家人步出鐵路站後，跟着同樣拿着大

包小包祭品的孝子賢孫，向同一個方向走。接着，叔叔等人在新廈街的扶手電梯一直上，就可以到達墳場。

「原來有這樣的一條新路線。」我回應着。

叔叔說：「在新廈街開了一條扶手電梯可以直達墳場，只是花了約十分鐘，就可以上到山了。」

「幾分鐘就到了嗎？」

叔叔點了點頭。

「怪不得，你比我還要快；而且，今天乘坐巴士的人也少了很多，似乎有不少掃墓人士改用了扶手電梯。」

「你有興趣試試搭乘扶手電梯嗎？」

「當然有。」我們一家異口同聲地說。

「那麼，我們在祭祖後，一同沿着扶手電梯下山吧。」

「好的，我也想見識一下，新的扶手電梯是怎樣的。」我繼續說，「我覺得，最重要的，是拜山不再是苦差了。」

15

新光驚夢

　　剛剛飲完早茶的張伯，來到北角英皇道的新光戲院。由於時間尚早，他還是決定進去看唱戲，竟有幸買到《牡丹驚夢》的票，他不禁感慨道，要是在當年開戲，戲院一千三百多個座位都會爆滿，一票難求，如今會欣賞粵劇的也只有他這種上了年紀的老伯。

　　「對玉鏡臺前憐瘦影，看落花隨水送流年……」杜麗娘面帶愁容地隨着戲台後的二胡哼唱。

　　「吳美英表演還是這麼自然，她就像真的杜麗娘一樣。」老張跟旁邊的「她」說到，隨即又跟着輕輕地哼唱。

　　「你看，都是因為你愛看，我也跟着看了好幾回了，現在都會唱了。」

　　張伯年輕時就是粵劇的「發燒友」，只要一有空，便會到新光戲院看劇，當時的戲畫還是由畫師親手畫上去的，很有特色。為了在人山人海中買票，張伯不慎踩到一位女士的腳，為表歉意，他請那位女士看戲，這樣一來二去，終於成了一樁美事。自此，他省吃儉用，把錢省下來和太太一起到戲院看戲。他還記得，那時的蓋鳴暉還很稚嫩，但現在已經大放異彩。

「誒，好可憐，有情人不能終成眷屬，受到家人的阻攔。」每當看到這裏，妻子便蹙眉哀歎。

「戲情需要而已，不要這麼認真啦！」張伯安慰道，隨即又重投到緊張的劇情中，直到堂中柳夢梅唱出：「破棺重接再生花。」周圍爆發出熱烈的掌聲，演員謝幕離場。就在張伯離開新光之後，竟然在人潮中看見一臉慌張的兒子小張和媳婦阿雅。

「爸，你來看戲怎麼不講一聲，電話也不接，害我們在擔心你。工人姐姐説，你整個下午都沒回家，我們一下班就來找你了。」

「有甚麼好擔心？怎麼，來看個戲，還要得到你的批准嗎？剛剛看戲，順便就把電話關機了，不然電話突然響了，影響演員的表演。」

「行吧！你下次看戲前一定要通知我們一聲，走吧！」

「走這麼快幹甚麼？我們去門口等你媽，她剛剛上廁所了。」

兒子和媳婦互相沉默看了一眼，説到：「爸，我跟你先回去，阿雅留在這裏等媽媽。」

張伯不耐煩地説：「急甚麼急，看個戲你也有意見。」

小張剛回到家，便讓張伯坐到沙發上，問他是否記得今天去過哪裏？張伯不以為意地回答：「跟你媽到金麗酒家飲茶，然後就去了新光戲院看戲。」

　　「爸，你再也不要一個人出門了，金麗酒家已經倒閉好幾年了，而媽，已經在前年去世了……」

　　張伯呆呆地坐着，不一會兒眼裏就噙滿淚水。

16

照片

// 徐振邦

　　疫情爆發，老人院首當其衝，院內所有院友頓時成為高危族群。其中，不幸染病的院友，有梁婆婆。

　　在梁婆婆患病前，她經常拿着一張舊照片，表示很懷念這個地方，希望可以重遊舊地。可是，梁婆婆已經忘記了地點，也記不起關於照片的一些細節：究竟跟誰一起去？在那裏做過甚麼事？照片是由誰人拍攝？她全都記不起。梁婆婆望着舊照片，只依稀記得這張照片是拍於 1960 年代。

　　為了完成梁婆婆的心願，我曾對她表示：「我會想盡辦法，帶你重遊舊地的。」可惜，照片模糊不清，只能隱約看到梁婆婆站在岸邊，背後有一些小艇。由於從照片中得到的信息實在太少，根本無法得悉這裏是甚麼地方。

　　我東訪西尋，毫無頭緒，找不到像樣的地方。畢竟，在 1960 年代的香港，類似的岸邊實在太多。我走訪了好幾處地方，覺得沒有一個跟照片的景象相似。

　　梁婆婆知道我為訪尋照片中的地方，忙得團團轉，她多次不好意思地笑着說：「人就是如此，總會帶着一些遺憾離開。」

每次我聽到這番話，都覺得不是味兒。

這天，梁婆婆的身體稍為好些，我決定帶梁婆婆外出走走。

事實上，我還未找到正確地點，唯有瞞着梁婆婆說：「我找到一個疑似的地方，想帶你去看一看。」

「真的嗎？」梁婆婆表現得有點雀躍，「我們去看看吧。」

我帶着梁婆婆乘坐鐵路到利東站，然後走到海濱，望着香港仔避風塘。

「我們坐街渡由鴨脷洲到香港仔，你看看沿途的景色，是不是你要找的地方？」

梁婆婆望着避風塘，點着頭說。

我們登上街渡，收費是二元五角，長者梁婆婆只需兩元船費。街渡由鴨脷洲開出，大概四分鐘船程，就到達了香港仔。梁婆婆在四分鐘船程中，入神地望着避風塘的景色。

登上岸後，我帶着梁婆婆在香港仔沿着岸逛。直至走到一間廟宇時，梁婆婆忽然停了下來，說：「是這裏了，是這裏了……」

「這裏？」

「對。我記得有一間廟宇，就是這個模樣的。」

我有點不敢相信，竟然在誤打誤撞下，找到梁婆婆要找的地方。我對梁婆婆說：「你還記得甚麼？」

　　「我已沒有甚麼印象了，但我可以肯定，當天經過這裏，然後在附近拍下照片的。」

　　梁婆婆笑得合不攏嘴，對我說：「請幫我再拍一張照片吧。」

　　我看着梁婆婆高興的樣子，知道能為她完成心願，也感到安慰。

////////////

　　兩天後，梁婆婆的病情急轉直下，最後還是離開了。

　　我拿着梁婆婆的舊照片，對照在香港仔避風塘所拍的照片，發覺兩個地方根本是不一樣的。這是梁婆婆誤認了地方，是她當是完成心願，還是她不想我再為這件事而煩惱？或許，我永遠不會知道答案。

南
區

17

木棉花開

/ 文婷

陽春三月，是木棉花開的季節，遠遠望去，好似一團紅火。這個因木棉樹而被稱為「赤柱」的地方，就是阿婆住的地方。這裏的人們經常把落滿地上的木棉花，整齊地排放在路旁的石凳上。對於這個情景，阿晴並不陌生。

「走過路過不要錯過，本土手工製作，」阿婆總會推着小車到赤柱市集的小巷販賣她製作的龍鬚糖，「快來看看，便宜又好吃的龍鬚糖。」阿婆的吆喝聲一直回蕩在街頭巷尾。

偶爾阿婆也會充當導遊，給旅客介紹景點：「想去游泳的話，就去赤柱正灘；我們這裏還有很多古建築，例如舊赤柱警署，現在是超級市場。以及美利樓，被切割成三千多塊磚後，從中環全部移過來重建，已超過一百多年的歷史。」阿婆不厭其煩地介紹着，而遊客亦以微笑致謝。

「你靜靜留在這裏陪阿婆賣糖，別靠近海灘，等下一個浪拍過來，就會把你捲走！」儘管阿晴總是不滿地撇撇嘴，但在每年暑假，爸爸媽媽都會把她送到馬坑邨的阿婆家。幸好，隔壁小賣部的張伯總是送她冰鎮西瓜。

「小朋友，買龍鬚糖嗎？」

「阿晴，阿晴！爸爸你快看，這是我們班同學，阿晴，這是你家做的嗎？」同學小明興奮地跟她打招呼，阿晴有些不情願地招手。

「你是我們阿晴的同學嗎？阿婆送你一份。」

「別……別客氣，你做生意不容易，我們買兩份。」小明爸爸笑着說。

「好的，吃過午飯了嗎？這條街向右拐，有家牛腩麵舖是不錯的，可以去嚐嚐。」

自從遇見了同班同學後，讓阿晴覺得尷尬，於是，阿晴再也沒跟阿婆去街頭賣龍鬚糖。

過完小六的那個暑假，生活變得越發忙碌起來，補習社、學校、家，三點一線的生活讓阿晴覺得透不過氣來，關於那個悠然的馬坑邨的印象越來越模糊。直到，家裏的午夜突然響起急促的電話鈴……

/////////

阿晴回到家，床頭的小貓零錢罐，她緩緩地打開，裏面有五十，一百，五百的錢幣，是阿婆說給她買零食，買顏色筆，買畫畫簿的錢。

那天晚上，阿晴夢見阿婆，端着一碗木棉花乾煮的水，催促她喝下：「快快喝啦，木棉花水降火解毒。」

中西區

18

小鴨

// 徐振邦

兩隻黃鴨暢遊維港，在金鐘海傍作短暫停留。

他拿着一隻有點歲月痕跡的小黃鴨，急不及待到金鐘拍照。

「十年前，黃鴨首次到訪香港，他在尖沙咀拍照時，因為人多擠迫，不小心碰到一位少女，導致少女手上的兩隻小黃鴨跌在地上。」他回憶起十年前在尖沙咀拍照的畫面。

「對不起，你有沒有受傷？」他感到不好意思。

少女拾起兩隻小黃鴨說：「沒事，沒事。」

「沒事就好了。」他尷尬地說。

少女也笑了一笑，遞上一隻小黃鴨：「這隻小鴨送給你吧。」

「送給我？」

少女點點頭。

「為甚麼？」

「你不喜歡嗎？」

「喜歡，當然喜歡。如果不喜歡黃鴨，我就不來拍照了。不過⋯⋯」

「那就好了。」她把黃鴨遞給我，轉身準備離開。

「你叫甚麼名字？」他追問。

「小鴨。」他望着我手上的小黃鴨說，然後，她消失在人群中。

//////////

這天，他把小黃鴨放在圍欄上，跟海上兩隻小黃鴨合照，說：「由十年前的一隻黃鴨，變成現在的雙雙對對了。」

這時，一位男孩指着小黃鴨說：「這隻小鴨很殘舊……」

男孩媽媽馬上拉開男孩，不斷向他道歉：「對不起，小孩子亂說而已。」

他對男孩笑着說：「是的，這是十年前的老小鴨，的確是有點殘舊。」

男孩對他說：「剛才那位姐姐手上的小鴨，也是很殘舊的，跟你的一模一樣。」

他臉色變了。

男孩媽媽見到這個情景，連忙道歉，匆匆拉走了男孩。

事實上，他在意的，是男孩口中的姐姐——是十年前的她嗎？

他的目光轉移到不遠處，視線捕捉到一位似曾相識的面容，還有她手上的一隻小黃鴨……

19

雙餸飯

/ 文婷

午餐時分，周圍開始響起窸窸窣窣的聲音，阿良還在處理客戶剛剛發送過來的資料。

「阿良，去吃飯吧！」

聽到這句似曾相識的話，讓阿良晃了晃神，抬頭看見的，是同為副總的阿強。

「你們先去吃飯，我完成工作再去。」

「工作怎麼會做得完？還是吃完飯再做吧！」

聽罷，阿良才從紙堆中抬頭，跟阿強一起到樓下吃飯。

以前，舊同事阿敏總是拉着阿良吃午餐，害怕阿良埋首工作而忘記吃飯。所以，當副總阿強叫他吃飯時，他不其然地想起阿敏。

才剛剛到中午十二點，國際金融中心二期的商場內的一間雙餸飯人潮湧動，阿良望了望原來是原本的西餐廳竟在午餐設雙餸飯套餐，兩個菜七十五元，三個菜八十五元，難怪這麼多人，在寸金尺土的中環，動輒八九十塊一頓飯，這個價格並不算昂貴。

究竟有多久沒有吃過兩餸飯？十年？他剛剛出來工作那幾年，適逢母親生病，為了節儉，他都是帶幾

個麵包，或者從家裏帶些飯菜當午餐，甚少與同事們外出吃飯，但同事們總是熱情地叫他一起用餐，而他們最常吃的，也是雙餸飯。

「阿良，去吃飯吧！」

「阿良，這個排骨蒸得很入味，你試一試嘛！」

「阿良，我最近減肥，這個菜太多了，你幫我分擔一下嘛！別浪費。」

「阿良……」

「阿良？阿良！你在發甚麼呆呢？還想着公事？該吃飯就要認真吃飯，不過，這個菠蘿咕嚕肉還真的挺不錯的，咕嚕肉脆爽，酸甜適中，你試試嘛！」

阿良夾起今次點的番茄炒雞蛋，忽然笑了，當初阿敏每次點這個餐，總是將所有的雞蛋夾給他，説自己是「番茄殺手」，接受不了番茄跟雞蛋的組合。

想到這裏，阿良記得：阿敏的孩子出生了嗎？下班後，要記得給她買禮物呢！

灣仔區

20

第三個鐵路站

// 徐振邦

　　為了找到合適的居所，他花了一年時間，走訪十八區，看了不少樓盤，但仍找不到理想居住地。

　　他最想找到的，是香港最繁盛的地區，見證着香港的高速發展。然而，哪裏才是最繁盛的地方？其實，他自己也不知道。

　　老友經常問他：「是尖沙咀，中環，旺角，灣仔，還是元朗？」他的老友陪他走訪不少地區，也覺得有些地方是不錯的，可是他仍是看不上眼。

　　「坦白說，有些地方真的是不錯的，」他解釋着說，「只是未能滿足到我心中的繁盛感覺。」

　　「你究竟以甚麼標準來衡量繁盛呢？」

　　他想了想，搖着頭。這大概是一種感覺，未必能具體說明。

　　之後，有一段日子，老友忙着工作，沒有陪他四處尋覓居所。這天，他跟老友見面，並通知他說：「下星期來我新居，順便慶祝我新居入伙吧。」

　　「你已經找到理想居所？」老友覺得出乎意料。

　　「是的。」

　　「你的新居所在哪區？」這個問題已困擾老友多

時，一直想知道，甚麼地方才能滿足到他。

「一個最多鐵路站的地區。」

「鐵路站？」

「有鐵路站的地區，自然有不少樓盤。如果鐵路站越多，越能代表這區最繁盛。因此，用鐵路站做繁盛的指標，不是最好嗎？」他解釋着說。

「你說的話好像有點道理，不過……」

「甚麼？」

「大部分地區只有一個鐵路站，有少部分地區則有兩個鐵路站。比方說：荃灣和荃灣西、尖沙咀和尖東、旺角和旺角東、灣仔和會展、中環和香港、佐敦和柯士甸……」老友計算着說，「還有其他嗎？」

他點點頭說：「應該沒有吧。」

「既然如此，有六個地區都有兩個鐵路站，哪個地區才算是有最多鐵路站呢？」

「不瞞你了，我的新居所在灣仔。」

「灣仔不是只有兩個鐵路站，稱不上是最多吧。」

「你計少了一個。」

老友想了一會兒，也想不到答案。他說：「我現在帶你去看看，你就知道計少了的鐵路站。」

「好的。」

他帶着老友到了會展站，然後出了閘。老友感到好奇：「鐵路站在哪裏？」

他指着前方説：「你看見了嗎？」

老友望了一望，然後大笑起來，「這個也算是鐵路站嗎？」

「如果這不是鐵路站，算是甚麼？」

「我無話可説了。」老友嘆了一口氣。

「既然已來了，不如我們在這裏拍照打卡，然後再到我新居所吧。」

「你的提議也不錯，好讓我認識這個新站。」説完，老友拿出手提電話，在海濱站拍照留念。

灣
仔
區

21

小人

/ 文婷

「打你個小人頭……打你個小人腳，打到你有腳無得走……」

儘管聽了很多遍關於鵝頸橋的事，美嘉每次上班經過堅拿道天橋，都會徑直快步走開，因為那些婆婆有節奏的喃喃自語，或是激昂憤慨地舉着紙錢圍繞着客人的身上的念念有詞，讓她覺得不太舒服。然而，作為一個職場新人，每天都被上司罵得狗血淋頭，更是讓她緊張得生理不適。

「這個字的字體和其他字體完全不一樣，你都看不出來嗎？」

「這麼簡單的文件處理都要弄這麼久嗎？你用這個方法做，真的很蠢！」

「下次要用心記住，排版不可以這樣排，別跟你講過，轉頭又忘了，沒有人會天天教你。」

「我又不是一教就會，怎麼可能教一次就記住呢？不過，怎麼可以這麼直接說我蠢呢？我怎麼會蠢？我好歹也是中文系一級榮譽畢業的，做個小編輯怎麼也這麼難呢？」美嘉那點在大學積攢起來的自信，瞬間崩塌得一乾二淨；而座位就在師傅旁邊，則是要每天被叨唸幾

次。她覺得，上班實在是個苦差。

好不容易才迎來第一個假期，幾個同期同事才能約出來吃頓飯，美嘉連忙大吐苦水，同期的同事對美嘉深表同情。

「黃副怎麼會這麼講呢！直接說別人蠢真的很傷自尊。難道他所有事情都是學一次就懂嗎？我要是真的這麼屬害，就去做大報社了吧！」

「對呀，那個排版也是好幾個人討論後的結果，怎麼只講你一個人呢！」

「不過，那個字體問題，真的是要很謹慎檢查，這個真的不能出錯。」

「你不會是遇上職場小人了吧！去橋下找個師傅打一打小人吧！」

「你怎麼還信這種東西？」

「說不定有用呢！」

說不定有用？既然這樣，就試一試吧！美嘉今天最後一個才下班，為的就是避免遇到熟人，她還特地戴上口罩。隨機挑選了一個攤檔，神婆詢問了她小人的名字，便將小人紙放在板凳上，操起舊鞋拍打起來，拍完後，再用「貴人寶牒」在她身上掃動。不知道是心理作用，還是，因為熟悉了業務範圍，美嘉也漸漸上手了。

這天，美嘉正要去茶水間，聽見黃副的聲音。

　　「她是有潛力的，就是需要別人逼迫一下；而且，她的性格也是很倔強，要是做得不好的話，她自己都不會放過自己。」

　　「我還怕你這麼毒舌，把你的新人徒弟嚇跑。」

　　「不怕，以她的性格，你說她不行，她肯定會跟你證明她行為止。」

　　聽到這裏，美嘉才知道師傅是良苦用心。師傅不是職場小人，而是讓她在職場上成長的貴人。

22

賭波

// 徐振邦

　　他染上賭癮，尤其愛賭波。因為賭波，輸了幾十萬，還欠下賭債，差點連家庭也毀了。

　　他痛定思痛，決定戒除賭癮，並在朋友的幫助下，還清了賭債。最後，他獲得妻子的原諒，改過自新。

　　他重新做人，是值得支持的事。然而，真的有不吃魚的貓嗎？在戒除賭癮一個月後，妻子聽到他在電話説：「對，對。主場，是主場，一定贏的，相信我。一百六十元，沒有問題。」然後，他匆匆出門了。

　　「他在賭波嗎？要故態復萌了嗎？」他的妻子聽到他的對話，簡直不敢相信，「戒賭一個月，就失敗了嗎？」一連串的問題，不斷在她的腦海打轉。

　　為了這件事，他的妻子整天心神恍惚，完全不能集中精神。「今晚一定要向他問個清楚明白。」他的妻子説。

　　可是，他晚上沒有回家吃晚飯，而妻子給他電話，他卻沒有接聽；就算是嘗試透過社交通訊軟件給他留言，他同樣是沒有回覆。他的妻子感到不安：「難道……」

　　晚上十時，他終於接電話了。他的妻子説：「你在

哪？」

「銅鑼灣。」

「銅鑼灣的範圍很大呢。」

「我在加路連山道。」他興奮地回應着，「贏了。」

「你為甚麼去加路連山道？」他的妻子的情緒開始不穩定，不斷向他連環發砲，「贏了是甚麼意思？你在賭錢嗎？加路連山道有投注站嗎？」

「甚麼投注站？我已戒除了賭癮，沒有再賭錢了。」

「真的嗎？」他的妻子半信半疑。

他沒有跟妻子爭辯，以一副興奮的聲線說：「我回來再說吧。」

晚上十一時，他踏入家門，臉上依然掛着笑容：「我回來了。」

「贏了嗎？」他的妻子不滿地說。

「贏了，」他大拍手掌，繼續說，「十比零，以大比數贏了，很厲害。」

正當他的妻子要向他大興問罪之師時，他脫下背包，以及紅色的上衣：「我要洗澡。」然後，他哼着歌，高興地走了入浴室。

他的妻子打開他脫下來的背包，嘗試找出他賭錢的

證據時，只找到一張門票，門票上寫有幾個重要的字眼映入眼簾：「香港大球場」、「香港對文萊」、「門票一百六十元」。

　　這時，電視新聞報道播出體育消息：「今晚在大球場上演香港對文萊的友誼賽，主隊香港隊以十比零，取得勝果，球場上泛起一片紅海。」

　　他的妻子的視線轉移到他的紅衣，紅衣印有：「WE ARE HONG KONG」字樣⋯⋯

23

天賜良緣

/ 文婷

「快點快點，就快要到了。」阿珍不住催促着。

「小姐，你要照顧一下弱勢群體吧。我從港安醫院走到這裏，已經走了三十分鐘，然後，只是跟我看看甚麼姻緣石。」被無奈拖出街的阿美埋怨道。

「我還不是為了你的終身大事着急，現在就當作是運動，反正你天天宅在家，難道是為了跟外賣小哥來一場美麗的邂逅？」

「還說是堂堂碩士生呢，怎能相信這麼沒有科學根據的東西？」

「緣分這種東西，又怎能用科學來解釋呢。你看，這裏又不是只有我們，那邊的兩個男生，也是慕名而來的吧！」

聲音不大不小，那兩個男生只得微笑點頭。

阿南指着朋友阿強尷尬地說：「哈哈，我就是純粹來晨運的，相信這個傳說的，是另有其人。再說，關於這個姻緣石的傳說，講的是二戰時期的日本憲兵和中國女子相愛，二人遭到家人反對，雙雙私奔上山，活活餓死變成石頭的故事，結局淒慘。這樣的話，姻緣石又怎能祝福世人愛情美滿呢？」

阿美聽到這個觀點後表示強烈認同：「就是就是，明明是帶着恨意殉情的故事，又怎會象徵美滿的愛情？再説了，石頭的形狀像一枝石筆插在石座上，説他具有開筆的好兆頭，祝福讀書人，學業進步更有説服力呢！」

　　阿南想想，不覺笑了起來：「你這個想法更有邏輯呢！不如説是，讓莘莘學子下筆如有神的兆頭更加確切。對了，不知道小姐你怎麼稱呼？」

　　「我是阿美。你的邏輯性很強，能夠批判性看待這個『都市傳説』，不知道先生你是從事甚麼工作的？」

　　「過獎過獎。這個石頭的意義，只不過是世人賦予而已，就像是鑽戒一樣，不過只是石頭，卻被成功營銷成結婚必備……」

　　「是的，這樣都是消費的陷阱罷了。」

　　落在身後的阿強和阿珍不由得感歎道，姻緣石真的很靈驗！

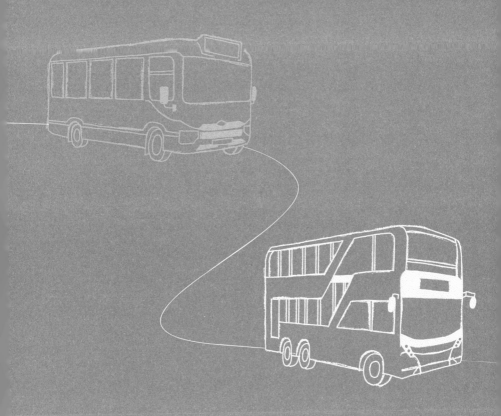

西貢區

24

登山郊遊

// 徐振邦

他說自己愛登山郊遊，愛大自然。就是這句話，深深吸引了她。

她說自己也喜歡戶外活動，可是沒有同伴，又不敢獨自登山。她希望可以跟他作伴。

這是千載難逢的機會，可以藉着登山單獨跟她約會，說不定，可以由普通朋友變成山友，再結成情侶。他想到這裏，已覺得成功了一半，於是對她說：「沒有問題。」

「我只是登山新手，怕捱不了苦，你要揀一些輕鬆路線。」

「好的。」他馬上掏出手機，搜尋一些短線輕鬆路線。

其實，他並不是甚麼登山老手，只是在她面前，胡亂吹噓自己是陽光男孩而已，殊不知，她竟然說愛登山，真是讓他吃了一驚。既然是騎虎難下，只好上網搜尋資料，看看有甚麼簡單路線。

「這段路線不錯吧，」他望着手機說，「西貢初級行山路線，可以飽覽西貢千島湖。」

「聽起來，感覺很不錯呢。」

「最近天氣轉涼，已不是之前的三十多度高溫，現

在登山，是最適合不過。」他一副專家的口吻説。

「是的。」

他繼續照着資料讀出來：「西貢大網仔，高度海拔為一百六十五米，路段是山路，上下坡不多，加上全程屬林蔭小徑，是新手路線。」他又説，「到達山頂後，可俯瞰西貢內海各個大大小小的島嶼等一帶風景，是香港打卡勝地之一。」

「聽起來，這個地方很值得去遊覽。」

「由西貢巴士總站轉車到北潭涌，然後由大網仔路，經長山到斬竹灣，全程約行五公里，兩小時可以走畢全程。」

「兩小時應該不算太難。」

「是的。擇日不如撞日，就星期六出發吧，好嗎？」

「好。」

//////////

就在出發當日，他們按指示起程。

他心想：「這次應該可以在她心中留下良好印象……」

走了約半小時後，他説：「要休息一會兒嗎？」

「好。」她點點頭，「雖然天氣不算炎熱，但也流了不少汗，如果有電解飲品……」

他聽到「電解飲品」時，嚇了一跳，莫説是電解飲品，其實他連水也沒有準備。

他吞吞吐吐地説：「沒⋯⋯沒有。」

「不要緊。」她拿出兩瓶小巧瓶裝水。

這時，她拍了拍手臂，説：「想不到，已經是十一月杪，還有這麼多蚊。你有蚊怕水嗎？」

他苦笑了。

她猛然醒起：「我好像有防蚊貼。」然後，她自己貼了一片防蚊貼，也替他貼了一片。

「你有防曬⋯⋯」她望着他，還未説完，已從他的表情猜到答案，「我應該有一支小小的太陽油。」

連番失誤，還要是犯上低級錯誤，她肯定知道他是冒充有經驗的登山人士了。好不容易，他們終於到了西貢千島湖。這時，他在背包拿出那副專業級的相機，也是他唯一有帶的物件。在拍照期間，才勉強挽回自己的信心。

敗興而歸，他在回程時，已不知道該對她説甚麼了。

她卻先開口説：「不要再登山了。」

「我⋯⋯」她的一句話，直接給他判了極刑。

「下次我們去拍照吧。」

「下⋯⋯下次⋯⋯拍⋯⋯拍照？」

「是的，」她對他笑着說，「你拍得很好。」

「好的。」這次，他可以有自信地回應了。畢竟，他喜愛攝影並不是裝出來的。

25

燦爛星空

/ 文婷

「現在還要出門，去幹甚麼？」

「我跟朋友去買露營設備。」阿芯輕蹙眉頭，自認出來社會已有好些年頭了，外出還要得到爸爸的允許似的。

「露營好玩嗎？要買甚麼設備呢？」

「反正是不適合你們這些老人家玩。」

身後的爸爸似乎還要詢問些甚麼，但他的聲音隨着大門的關閉而漸漸收音。事實上，阿芯也懶得仔細聽，心裏不屑道：「小時候也不見他管，待我長大了又在管三管四，一定是他在退休後，生活太無趣，才這麼有空來管着我。」不滿歸不滿，阿芯還是興致勃勃地出發了。

「我要買甚麼裝備呢？帳篷、睡袋⋯⋯去西貢露營的話，還要提前預約的士，不然沒有車駛去目的地。」這是阿芯第一次露營，光是想到能夠在四疊潭拍到連綿不斷的潭瀑，亦可以在大浪西灣沙灘上扎營，並在漫天星光之下和朋友秉燭夜談，然後用着帶上的小鍋，煮宵夜；若是能早起，還能迎接日出，實在是太棒了！

終於在露營專賣店買齊所有的物品，返回家中，才收到來自朋友的訊息：「對不起，阿芯，我剛剛收到了

一個面試訊息，面試日期就在我們約定去露營的那天，這個機會很難得的，我一定要去試一試。我們下次再約去露營，我一定一定去的。」

「搞甚麼！難得我跟她在同一天放假，還要被『放飛機』，啊！我的西貢露營怎麼辦？」

聽到女兒尖叫聲，爸爸從門外伸出脖子望了一眼阿芯，不以為然地説：「我以為是多大件事，我陪你去！」

阿芯悶悶地，腦子裏瞬間轉過幾個念頭。她跟爸爸不算太熟，小時候他常常忙於工作，自己的功課和日常，全是媽媽在跟進，但是又對她猶為嚴厲，但轉念一想，自己買好了全部裝備，還請了兩天假，總不能白白浪費。算了，有個伴也好。

露營那天，爸爸主動將重物放在自己身上，阿芯反而輕鬆了很多；本以為爸爸是個累贅，意料之外，他懂得的事比預期中多，不僅懂得路，一直領着阿芯走，而所扎的帳篷又快又結實。

「吶，我們扎帳篷就是要避開不長草的地方。你剛才選的地方就不合適。」

「為甚麼呢？」

「今晚有機會下雨，不長草就意味着他容易積水，所以才不長草的。」

「你怎麼懂得這麼多？」

「小意思，你老爸我，做甚麼事情都是提前準備的，不然你以為，我怎麼有能力做到經理的位置。」

「嘖嘖，小女子有眼無珠……」

就在這晚，阿芯躺在大浪西灣沙灘上，吃着爸爸煮的宵夜，才驚覺爸爸的廚藝一點也不遜色於媽媽。「我從沒吃過你煮的麵。」「傻囡，爸爸不去賺錢怎麼行，你的鋼琴費這麼貴！」

耳邊是海浪浮浮沉沉拍打的聲音，她睡在爸爸鋪好的床鋪上，仰望星空，她喃喃道，這真是我見過的最燦爛的星空了。

沙田區

26

爸爸的球棒

// 徐振邦

爸爸有一支棒球棒，珍而重之地放在櫃內。

為甚麼爸爸會有這支球棒？沒有人知道。我曾經多次問過爸爸，但他總是不作回應。

「難道爸爸以前是棒球隊隊員？」我一直有這樣的疑問。可是，當我望着爸爸那個巨型「啤酒肚」時，就覺得沒有必要再追問下去了。

這天，爸爸端出棒球棒，揮動了兩下，一副像模像樣的揮棒動作。

我被爸爸的揮棒動作嚇到，馬上追問着：「你真的是棒球員嗎？」

「不是。」爸爸鮮有回應球棒的事，於是，我嘗試繼續問下去：

「你剛才的揮棒動作很有型呢。」

「這支球棒是我一個好朋友送給我的，他曾經是棒球運動員。」

「原來如此。」多年的謎團終於解開了。我好奇地問，「這支球棒塵封多年，為甚麼今天你把它拿出來呢？」

「因為我們可能會在明天見面。」

沙田區

「可能？」

「我們有一個三十年之約，約期就在明天。」

「你為甚麼不跟對方確認時間？」

「我們失聯了，」爸爸嘆了一口氣說，「已經有二十多年沒有聯絡。」

「你覺得對方會出現嗎？」

「不知道，有傳言他已移民海外。」

「多年不見，你還認得他嗎？」

他拿起球棒，指着球棒前端部分：「這個是他的簽名，是我們相認的憑證。」

「那麼，你們相約在哪裏見面？」

爸爸走出露台，指着窗外說：「就在這裏。」

「這裏？」我望着街上的景物，「是城門河嗎？」

「不。」

「在行人路上？」

爸爸再指着窗外的城門河：「是這裏……沙燕橋。」

「沙燕橋？」

「他曾經是沙燕棒球隊的成員。在他打完他最後一場比賽，送了這支球棒給我留念。」

「究竟爸爸跟這支球棒能否相認？」我從窗戶望着沙燕橋，「我很期待明天他們相認的畫面呢。」

沙田區

開心世界

/ 文婷

這天，阿欣如同往常下班返回沙田，但是心裏卻一點兒輕鬆不起來。對於剛剛在診症室犯上的一點失誤，想到同事的一句話：「這麼簡單的操作也出錯，在學校沒有學過嗎？」她便心情不悅。

這個月是阿欣拿到護士註冊牌後第一份正式的工作，醫院的工作繁忙，而自己一開始真的是手忙腳亂，那些曾經在書本上學習的知識，一旦應用在工作中，她卻怎麼也沒辦法在第一時間做出反應；以至於出錯後，同事說出那樣令她難堪的話，阿欣只能一邊責怪自己怎麼這麼蠢，一邊又憤憤不平地想着：「你難道就沒有犯錯嗎？對於一個新人，難道不應該教教她，而不是單純的抱怨吧！」

走着走着，她到了新城市廣場的三樓。「有多久沒有來過這裏了？」她記得，距離上一次來到這裏，應該還是小學生時代。

這是她曾經最喜歡來的地方——史努比開心世界。這裏有黃色的花生校園大巴，獨木舟探險，壘球遊樂場……小時候哪怕再有不開心的事情，只要在這裏瘋玩一個下午，甚麼煩惱都會忘記了。有一次，她還看見有新娘穿着美麗的婚紗在這裏拍攝結婚照片，覺得這裏就是一個理想世界。

看着現場的人流並不多，作為二十三歲的高齡兒童，阿欣還是去了獨木舟探險排隊。工作人員看着她，也並沒有阻攔，反而笑嘻嘻地說：「這裏我從幼稚園玩到現在，現在還在這裏工作。你是來體驗童年的吧？」

　　獨木舟在人工河流上搖搖晃晃，耳邊傳來孩童們吱吱喳喳的笑聲、尖叫聲，讓她又彷彿來到了她的小學時光。讀上午校的她常常會花費一整個下午在這裏玩耍。有個小孩跌倒，但是卻來不及哭，又馬上爬起來，向着更加好玩的方向出發，她也是這樣莽莽撞撞長大的吧！

　　阿欣扭頭看了看，這個地方跟她孩童時期並無二致，而她已經走了很遠很遠的路，以後自己要常常回來看看，那個曾經莽撞卻又不服輸的小孩……

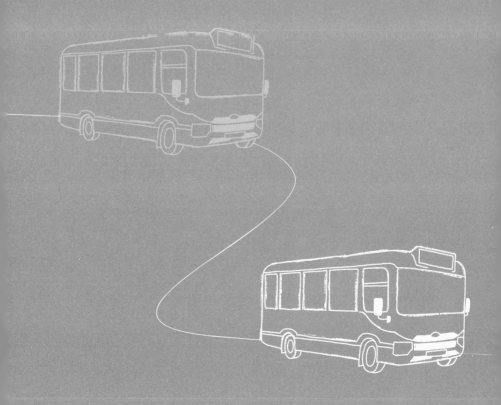

大埔區

28

生日會

// 徐振邦

　　兩個月後，是她的五十歲生日。她的幾個好朋友，準備秘密地為她籌辦生日會。

　　朋友 A 開門見山地說：「你覺得在生日當天，最好是獨個兒靜靜地渡過，三五知己聚在一起，還是一大班朋友說說笑笑呢？」

　　她想了想：「當然能夠見到一大班朋友是最開心的，畢竟，人多自然會熱鬧。」

　　「要是一大班朋友的聚會，不是去燒烤，就是找個場地舉辦生日會。你有甚麼好提議？」朋友 B 繼續試探着。

　　「燒烤是不錯的，不過，天氣太熱的話，我寧願到有冷氣的室內場所慶祝了。」

　　「絕對同意。」朋友 C 爭着說，「現在是大熱天，在室內享受着冷氣，比在戶外對着火爐，舒服得多。」

　　「食物安排又如何處理？」朋友 B 問道。

　　「有一些場地有提供餐飲服務，或者安排餐飲到會，也是不錯的。」她主動提出建議。

　　「我覺得場地也很重要，有些佈置得很豪華，有些則帶有懷舊風。兩個場景都適合拍照打卡，你喜歡哪一樣？」朋友 C 很在意場地的安排。

「懷舊風也蠻不錯，拍照打卡有特別的味道。」她馬上回應着，「你們是在籌劃我的生日派對嗎？」

幾個人支支吾吾，沒有正面答覆。

她繼續説：「好的。我的生日派對要有特色的，最好還有專人服務，提供小遊戲……」

朋友 A 打斷了她的話：「你的要求太多了。」

「當然，我的奔五生日派對，不可馬虎。」

「放心，我們會隆重其事，不會馬虎，一定會令你難忘。」朋友 C 堅定地説。

朋友 B 也附和着：「你的要求頗多，我們會儘量符合你的願望。」

「我會密切期待。」

/////////

就在她生日當天，他們帶她來到廣福道的麥記，對她説：「我們訂了兩節共四小時的派對。」

「生日派對就在這裏……？」她有點詫異，「我的奔五生日要在麥記舉行？」

朋友 A 奸笑着説：「我們邀請了你的朋友，有三十多人，已經來到了。」

「這是有冷氣的場地，還有食物供應。當然，我們已為你準備一個三磅重的大蛋糕。」朋友 B 也大笑着説。

「這裏有香港唯一的麥記招牌大樹做佈景，」朋友C有點諷刺的語氣，「很有懷舊味道，你一定喜歡。」

　　朋友A接着説：「當然，你要求的汽球佈置，以及由麥記姐姐帶領的小遊戲，亦已經安排好了。」

　　她望着他們，呆在一旁，沒有回應。

　　朋友C大笑着：「這個是整蠱派對，就是想你有個值得紀念的生日派對。」

　　正當他們以為可以捉弄她時，她卻興奮地説：「實在太好了！實在太好了！實在太好了！」

　　「好？」

　　「是的。」她解釋着，「我在小時候，已渴望可以在麥記舉辦生日會。我等了五十年，今天竟然成真。」

　　幾個朋友以為可以看到她被戲弄的樣子，現在卻換來她感到滿意的幸福表情。

　　她又説：「感謝你們，你們真的是我的好朋友。不是你們的話，我可能這輩子也沒有在麥記過生日的機會。」

　　説完，她匆匆走入麥記，再走向地庫層的派對房間。最後，她像小朋友一樣，玩足四小時，到生日派對結束時，還不想離開。臨走前説：「下星期是我的農曆生日，可以再辦一次嗎？」

29

許願神樹

/ 文婷

　　大埔林村許願樹一向受歡迎，每逢新年，都有大批民眾前往祈福。

　　「請賜給爸爸一個孩子吧！」馬上就要考大學的小黃，虔誠地站在林村許願樹下，手裏舉着寫着姓名、出生年月以及願望的寶牒，心中默默地將願望重複了一遍又一遍。

　　路過的村民看見小黃還穿着校服，路過的時候還爽朗地說：「呵，學生哥也來求學業呀！」

　　老黃剛剛放下手中寫着身體健康的寶牒，便催促小黃道：「快點就求個學業順利，保佑你順利考上心儀的大學。」

　　小黃微微一笑，跟老黃來到許願樹前。老黃看準樹梢的位置，一用力便把寶牒拋到大榕樹樹枝上。輪到小黃，只見他站定，深呼吸一口氣，便把寶牒拋到旁邊的小榕樹上。

　　老黃着急起來說：「傻孩子，小榕樹是祈求子女和姻緣的，你拋錯了，剛剛不是才跟你說過了嗎？我們再買一份寶牒吧。」

　　小黃看着着急的老黃，突然壞壞地笑起來。

老黃疑惑地看着他，忽然想到甚麼，便緊張地問：「你有女朋友了？」

小黃定定地站着，眼眶卻突然紅了起來：「爸爸，你跟媽媽再要一個孩子吧！」

話音剛落，老黃的雙眼也紅了。他甚麼也沒說，只是輕輕拍了拍小黃的肩膀說：「乖兒子，我們回家吧！媽媽還在家裏等着我們呢！」

老黃笑着笑着，就哭了起來。原來這一聲「爸爸」，老黃似乎等了很久很久，直到今天聽到，他覺得真的很動聽。

小黃其實甚麼都知道，雖然老黃總是很木訥，從來不會說愛他，但是，清晨的每一頓早餐，悄悄放在小黃課桌的打氣的字條；還有每次出差後，都會給他一份禮物。每一個細節，他都記在心裏。

大概是那個午後，小黃經過老黃的房間時，聽到老黃和媽媽二人的對話：

「不要一個我們的孩子你不會遺憾嗎？」

「亂講甚麼，小黃就是我的孩子，好好把他養大成才就是我的責任，我可沒有這麼多精力再養一個。」

「可是，媽媽那邊⋯⋯」

「別擔心，我會跟她講清楚。」

從那個午後開始，他便不再是黃叔叔，而是黃爸爸了。

　　「真的不考慮再要一個小孩嗎？我馬上就要到國外唸書了，你跟媽媽在家會很孤單寂寞吧！」

　　「拜託，把你這個『混世魔王』養大已經很辛苦了，我跟你媽媽要享受退休生活；再說，現在交通便利，想去哪裏就去哪裏。你是嫌棄我們兩個老人了吧？臭小子！」

　　小黃聽完，哈哈大笑起來。

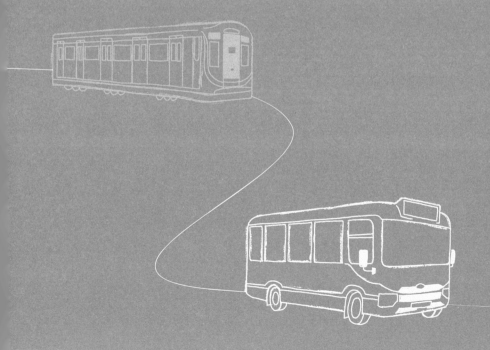

北
區

30

雨景

// 徐振邦

　　他住在半山，客廳有一個大玻璃窗，面對維多利亞港，可謂背山面海，是一般人眼中的半山豪宅。

　　平日，他喜歡坐在客廳，對着維港，覺得維港的景色特別美，無論是白天，還是夜景，都能突顯香港的美。其中，他最愛看的，就是雨景。他覺得，高踞臨下，望着雨景，是一種享受。

　　這天，他要到北區探老朋友。老朋友喜歡務農，所以搬到村屋居住，過着簡樸的農夫生活。

　　雖然他住在高尚住宅區，並不代表嬌生慣養，其實，他也喜歡大自然的生活。

　　老朋友笑説：「我不管你是否喜歡農耕，但我真的很想你來幫忙。」

　　「有甚麼可以幫忙？」

　　「颱風來了，菜田要收割，果樹要做好防風措施，當然還要防水浸……，總之，很忙很忙。」

　　「簡單工作而已，放心交給我吧。」

　　就是這樣，他趁着颱風來臨前，由半山跑到北區村屋耕田，還要臨時當上抗風義工。

　　儘管天文台已掛上一號風球，但天氣還沒有轉壞，

反而陽光依然猛烈，曬得他汗流浹背。他擦擦汗，喝喝水，悠閒地說：「你知道嘛，這個時候的維港是最美的，是真正的藍天碧海，稍後，開始下雨時，小雨點敲着玻璃窗的聲音，加上灰濛濛的維港兩岸，真的美極了。」

「你還是利落一些吧，颱風就到了。」老朋友對他所說的維港風景，完全不感興趣。

就在大風雨來到前，終於完成了農田的工作。正當他想休息之際，老朋友又要他幫忙堆沙包和落水閘，以防大水入屋。

他不知道沙包有甚麼用途，只是按着老朋友的指示，匆匆完成任務。

這時，天氣開始變差，大雨降臨，狂風吹得植物東搖西擺。他正想拿出相機拍下雨景，已看到洪水淹至，有部分農地開始出現水浸。稍後，有大樹倒下，住處的窗邊已開始滲水，屋外的大水已浸到小腿。

短短一小時，眼前的景象嚇得他不知所措。老朋友卻拿出雨衣，準備出門。

「八號風球，水浸情況很嚴重，你還要外出？」

「北區的河道改善工程已減輕了水浸問題，可是，梧桐河水位因遇上大潮而上升，水浸是難以避免。」

「既然如此，你外出可以做些甚麼？」

「這裏有幾位獨居長者，可能需要幫忙。」

「好的。」他放下相機，決定外出幫助有需要的人；而最重要的，他對雨景有新的體驗：「雨景，一點也不好看。」

31

代購也瘋狂

/ 文婷

「喂，你好，你購買的鮑師傅肉鬆小貝快要到了，我們東鐵線上水站等。」

青姐放下電話後，馬上拿起剛剛從深圳買好的「深圳特產」——鮑師傅肉鬆小貝趕往地鐵。

青姐是一名資深代購，對於居住在上水廣場附近的她來說，從事代購事業真是一份得天獨厚的職業。回憶疫情前，她終日遊走在萬寧、屈臣氏，以及各大藥房，對於各店的價格瞭如指掌，但是隨着疫情封關三年，加上內地的淘寶、京東直營店的化妝品價格相差無幾，向她詢問價格的人越來越少。上水廣場也清靜了不少，只見寥寥幾個顧客遊蕩，讓青姐感慨自己的代購事業即將走向黃昏。

直到某天，她在口岸遇見了「同行」輝仔，正拿着大包小包的麵包、奶茶過關，青姐瞬間敏感起來。

「輝仔，買這麼多東西回家吃呀！」

「是……是呀！你今天也要過關嗎？」

「這麼多東西你吃不完吧！」

「真的是，甚麼都瞞不過青姐你的眼，我最近加入了一個新群，專門幫忙買內地的食物回香港。」

「誰會買這些東西呢？」

「主要是附近的大學生，應該是從內地來香港唸書的學生。我猜，以東鐵沿線的中文大學學生、教育大學學生吧。」

至此，青姐又開闢了一個新戰場。她來到了深圳，認識了新興的糕點店舖鮑師傅，品嚐了重慶風味的燒烤魚店——探魚，甚至還辦了深圳大型的購物城——山姆的會員卡。於是，她每個星期都多次往返深圳幫忙代購，忙得不亦樂乎。

來到月底，青姐開始清算每月支出時，數目卻怎麼也算不對，為了確認，她又將每單數目仔細地算了又算，收入竟然還是負數。

這時，她家老劉正哼着歌從房間走出來問她：「我們甚麼時候出發？」

「出出出，忙活了一個月，我們賺的是負數！說吧，是不是背着我偷偷藏了私房錢。」

「我天天都跟你在一起，哪有時間藏錢？負資產？你不看看我們家還有多少山姆超市買的洗衣球，零食。而且，你說幹活辛苦，要犒勞自己，香港按摩一次沒個五百八百出不了門，光是去深圳按摩店超過十次了。還有，每次回去，都說吃飯便宜，你有哪次不是大吃

一頓才回香港⋯⋯」

　　老劉還在念念叨叨，青姐卻半句話也說不出來，搞了大半天，自己是白幹了一場，反向代購，把自己購進去了。

元朗區

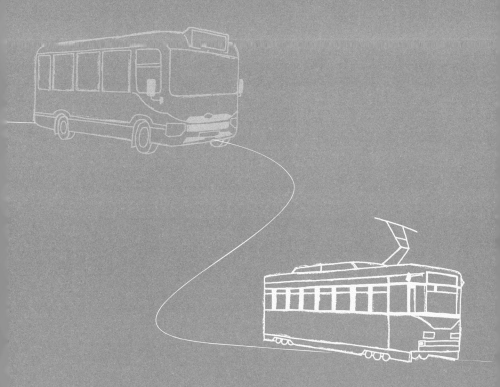

32

日落

// 徐振邦

　　爸爸愛拍照，每逢假日都會帶着相機，東奔西跑，上山下海，多年來，拍下數以十萬計張照片，可稱得上是業餘攝影發燒友。

　　有好幾次，爸爸說要帶我去拍照：「拍下自己喜愛的畫面，記錄有趣的一刻，讓人感受到風景之美。」無論爸爸怎樣說，我還是提不起勁，遭我直接拒絕了。

　　爸爸很喜歡分享自己的照片，除了會參加攝影比賽外，還舉辦過幾次攝影展。比賽成績如何，展覽有多少人欣賞，我並不知道，因為我對於攝影實在沒有興趣。我只知道，爸爸有幾張照片，曾被用作廣告照片，獲得不少人的讚美。其中一張日落的照片，更多次被使用。

　　有人曾對爸爸說：「這張照片應該為你帶來名和利吧。」

　　爸爸只是笑着回應：「沒有，沒有。這幅照片是被偷用在廣告宣傳，我沒有收過版權費，廣告亦沒有標示或鳴謝攝影者的資料。」

　　「這豈不是虧了大本？」

　　「我只是業餘愛好者，有人欣賞我的作品就可以了。」

「就算不為利，也應該要留名，否則，別人又怎會懂得欣賞你的作品？」

對於這個問題，爸爸總是不作回應。他覺得，不為名不為利，能做到自己喜歡的事，就足夠了。

//////////

這天，兒子翻開塵封差不多有三十多年的相片庫，看得津津有味。兒子讀設計，也愛攝影，在偶然的情況下，兒子知道爺爺留下大批舊照片和攝影器材，簡直是如獲至寶。

「這堆照片已經很久沒有人打理了。」爸爸對兒子說。

「攝影器材和照片，可以全部給我嗎？」

「當然可以。難得你的爺爺終於可以找到知音人。」爸爸笑說，「如果爺爺知道你喜歡攝影的話，他一定開心到不得了。」

兒子左翻右翻，找到那張日落的照片：「這張照片不是曾經用作廣告宣傳嗎？」

爸爸點了點頭。

「原來是爺爺的作品。」兒子感到很興奮，「上設計課時，導師也說這張照片是經典作品。」

「的確是拍得不錯的，可惜⋯⋯」

「有甚麼事覺得可惜？」

「我也喜歡這張照片。我曾經有想過，再去一次這個地方，感受一下你爺爺以前拍這張照片時的感覺。可惜，我不知道在哪裏拍攝的。我找了不少地方，也找不到正確位置。」

「我知道。」

「你知道？」

兒子匆匆收拾物品，左手拿着相機，右手拉着爸爸的手：「我們現在出發吧，應該可以趕到日落的最佳時間。」

兒子帶着爸爸搭西鐵，來到元朗站，然後沿輕鐵線一直走，來到鳳翔路花園。這時，兒子指着行人天橋說：「就是這裏了。」

「真的是這裏嗎？」

「這條橫跨青山公路和輕鐵路軌的行人天橋，是影日落的著名景點之一。因此，這裏被人稱為日落橋。」

爸爸一步一步踏上行人天橋，望着手上的照片，找到爺爺昔日拍照的位置。爸爸望着日落的美景說：「真的很美。」

爸爸把爺爺的相機遞了給兒子，說：「由今天起，你來代替爺爺，拍下日落的照片，還有香港的景色，好嗎？」

33

比喻句

/ 文婷

「同學們，這次活動是到元朗進行騎行活動，想報名的同學記得在星期五之前，讓爸爸媽媽填寫好回條交回。」

「怎麼愁眉苦臉的？」小明看着小傑扁着嘴憂心忡忡的樣子。

「爸爸肯定不會讓我去的，因為星期六要參加鋼琴班呢！」

「多可惜，大家一起玩才好玩，聽說還有機會接觸兩棲動物彈塗魚呢！就是那個很厲害的，可以在⋯⋯」

「知道知道，就是可以在陸地上行動的魚類，還能用濕潤的皮膚、口腔內壁和咽喉呼吸，在水陸兩地自由活動。」想到這裏，小傑的眉毛皺成一團，決心要試一試，提出參加活動。於是，當爸爸還在檢查功課的時候，小傑將回條拿了出來。

「爸爸，學校在星期六舉辦元朗騎行活動，我也想參加，可以嗎？」

「星期六不是有鋼琴班嗎？」

「我可以改在星期天上鋼琴班嗎？」

爸爸想了一想：「你看看你這個星期寫的日記功課，

老師要求是運用新學習的比喻句，你寫的是：『天上的雲像一團黑黑的布』為甚麼像布？這個比喻句的喻體描寫得不夠恰當。」

「當然是呀！我每次從補習班回來，路上的天空都黑得像一團布。爸爸，我可以去騎行活動嗎？」

「去吧去吧！回來記得要練琴，即將要進行鋼琴考級試了。」

//////////

這天，小傑和同學們騎着自行車穿越濕地紅樹林，任由清風從耳朵兩旁呼嘯而過，還在流浮山近距離地觀賞了漁民伯伯的養蠔大棚，品嚐了地道的海鮮餐，近距離地觀察了長滿藍色點點的彈塗魚，在紅樹林的泥潭上跳躍……

晚上回到家，小傑在日記本上寫到：「今天，我度過了愉快的一天，第一次從蠔殼裏將生蠔挖出來，還第一次見到了下白泥夕陽的顏色鋪滿整個湖面，雲朵也被暈染成淡淡的紅暈，像極了少女害羞的臉……」

34

天水圍有落

// 徐振邦

　　雖然天文台已懸掛了八號風球，但我仍留在公司工作。一來，繳交報告的死線在即，沒時間再拖延；二來，我不想一個人留在家，免得睹物思「她」——已分手近一百天的前女朋友。

　　這段時間，我一直寄情工作，經常忙到廢寢忘餐。這天，我在公司忙了大半天，聽到肚子發出「咕咕」響聲，方記得自己還沒有用餐。正當我準備點外賣時，才知道天文台已改掛九號風球，附近的茶餐廳已經提早下班。

　　「唯有回家吧。」我收拾物件離開公司，打算回家吃公仔麵填飽肚皮就算了。

　　我離開公司，登上坐駕——「她」曾經最喜歡的車，開着收音機。收音機播出颱風消息：「九號颱風信號剛懸掛，由於鐵路的露天及架空路段停駛，大批市民被迫滯留在鐵路站，未能回家……」

　　「她回家了嗎？」我聽到新聞廣播，就想起了「她」。

　　我駕着車駛到荃灣西站，看到有不少市民擠在鐵路站內。我把車停在一旁，說：「屯門車，有八個坐位。」

　　「多少錢一位？」有人上前問我。

我還未有回應，已有一對男女說：「二百元一位可以嗎？我們有兩人，四百元。」對方手上已準備好四百元鈔票，遞到我面前。

這時，已有好幾個人圍着我的車，嚇得我不知所措。當我稍為定神，才了解到他們以為我是「白牌車」，要收費才肯載他們到屯門。

我馬上說：「私家車，義載，但只限屯門區。」

「不收費？」有人半信半疑。

「對的。順路到屯門，免費。」他堅定地說。

「感謝。」有幾個人再次確認是免費到屯門，才安心上車。

我載着八個人，有男有女，由荃灣西站出發到屯門。最後，在市中心有一對男女，以及一位大叔下車；在兆康站有兩位年輕人下車；到了藍地，再有一個婦人及一位女士下車。

「你要到哪？」我問坐在車廂最後的一個人。

「天水圍有落。」一把女聲回答說。

「天水圍？」我有點詫異，「剛才不是說了只限屯門嗎？」

對方沒有回應。

我透過倒後鏡望着她，只見她拉低帽子，垂下頭。

「好的。」我心想，既然是義載，也不要太斤斤計較。反正，天水圍和屯門兩地，相距也不是太遠。

　　我繼續開車，駛到天水圍站時，説：「這裏可以嗎？」

　　對方仍沒有回應。

　　我拉好手掣，把身轉向後方，對她説：「你要去哪？我直接送到你家樓下吧，現在可能已經沒有輕鐵，加上下着大雨，你在這裏回家，也不是太方便。」

　　她抬起頭望着我，欲言又止。

　　我呆了一呆，説：「你吃了晚飯沒有？」

　　「沒有。」

　　「我有點餓，一起吃晚飯，好嗎？」

　　「好……吃甚麼？」

　　「現在應該大部分食肆都關門了。我原本打算回家吃公仔麵……」

　　「公仔麵沒有營養。」

　　「一個人，就是如此，早已習慣了。」

　　「我……我可以再煮給你吃嗎？」

　　「可以，可以，當然可以。」我高興得只是不斷用力點頭。

　　「她」也笑着説：「我們一起回家吧。」

屯門區

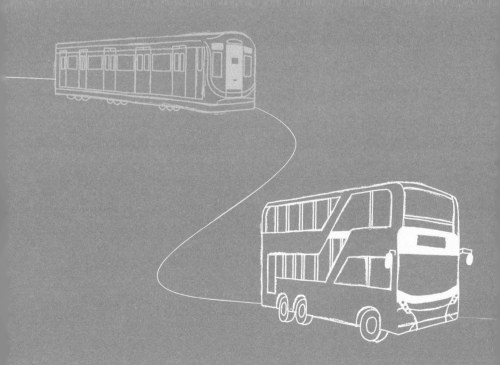

35

咖啡灣

/ 文婷

「簡直不可理喻，這就是插隊！我要打電話去投訴！」阿強一邊嘴裏不滿地嘟囔道，一邊上網查詢附近公共燒烤場的人數情況。

終於等來一個清閒的週末，阿強決定帶上家人來到家附近的咖啡灣燒烤、游泳。當初決定住在黃金海岸一帶，就是看中了這附近面向大海，背靠大山，等到放假，就可以帶小朋友來附近吹海風，游泳，玩泥沙。

儘管阿強知道週末的人會很多，但是不曾想到所有爐子已有人霸佔了。細細觀察，燒烤場大多是菲傭姐姐或其他南亞裔人士。他們帶上食物歡聚，載歌載舞，玩沙灘排球，更甚進行現場直播，面對鏡頭展示海景。

等了好一陣，好不容易看見正在等待的一桌人準備收拾東西離開，阿強正準備將購買的食材放到一旁時，卻被告知，已經有人預訂好了他們的位置。幾個南亞裔的年輕人用英文略帶歉意的說：「不好意思，這個位置剛才已經有人預訂了。」

阿強帶着怒氣，憤怒地說：「我們等了這麼久，就是在排隊了，憑甚麼你說有人在排隊？這根本就是插隊！」

看着隔壁桌同樣是南亞裔的男生走過來，才知道，預訂了桌子的，就是他們。由於他們實在是太多人了，有十五個人，僅圍着一個小小的爐子，似乎是不夠位置燒烤。

　　「爸爸，甚麼時候輪到我們？」兒子渴望地看着人潮滿滿的燒烤爐。

　　「算了吧，今天太曬了，等不了那麼久了！」妻子安慰道。

　　看見兒子渴望的小眼神，阿強還是不忍心打道回府，唯有安慰家人先到沙灘游泳，再等候一會兒。

　　天氣太熱，怕凍肉不能保存太久，阿強決定去買一個冰盒，將所有冷凍食材放進去，正當他想要去買冰盒的時候，隔壁的南亞裔大叔拖出了一個冰盒，用手勢和簡單的英語詞彙告訴他，等我們烤好這一批肉就把位置讓給你。阿強忙於道謝，大叔指着小孩搖搖手笑了笑。

　　就這樣，在落日餘暉中，鮮蝦在燒烤網上慢慢變成紅色，阿強舉起了手中的雞腿，隔壁桌的南亞裔大叔們豎起大拇指哈哈大笑。耳邊響起退潮海浪的拍打聲，兒子吃的烤棉花糖糊得整個嘴都是，還嚷嚷道：「爸爸，爸爸我們下次還來。」

阿強覺得，這裏人多，但很有人情味，感覺是挺不
錯的。

36

置業夢

// 徐振邦

早在上世紀八十年代，我的老父跟大部分香港人一樣，已有置業計劃。

為了達成買樓心願，當年老父早上有一份正職，晚上又有一份兼職，捱了五年，終於有足夠的首期，在屬於偏遠的新市鎮——屯門置業。

自此成為屯門人的老父，在屯門住了四十年。對老父來說，屯門的感覺的確是讓他又愛又恨。他喜歡屯門，同時也認為區內的交通不太方便。儘管交通網絡已日漸改善，但屯門仍是一個令人覺得「經常是交通擠塞的地方」。

老父退休後，仍然留在屯門，很少外出到市區，就是怕舟車勞頓，也受不了塞車之苦。於是，他幾乎一年三百六十五日都是在屯門逛逛。

有一年，老父吐出心聲：「如果當年肯再努力，在市區置業就好了。」

老媽老是笑他：「有早知，冇乞兒」。確實，老父的嘮叨話，也不能對居住環境有甚麼改變。

直至老父走不動了，只能坐在輪椅上，更遑論要在市區走走了。最後，老父不僅沒有遷往市區，還搬到在

屯門一間老人院居住，度過餘生。

老父臨終前，始終記掛着置業的事，他曾苦笑說：「屯門是不錯，我很喜歡這裏，只是交通不方便而已。我在屯門買樓後，大部分時間都在屯門，現在終於可以離開了。」

老父這句話，我一直耿耿於懷，因為我根本無法完成老父的遺願。這不是我沒有本事讓老父搬到市區，而是在他死後，也離不開屯門。

老父在火化後，骨灰龕安放在屯門曾咀——一個新落成的陰宅區。換言之，在他死後，骨灰仍安放在屯門，走不了。

37

明星切割員

// 徐振邦

自從楊屋道的街市出現了一個明星肉類切割員之後，馬上成為一眾婦女追星的對象。當中，包括了她。

她為了目睹明星切割員的風采，看到他手起刀落的姿態，感受他對切豬肉的熱愛，幾乎每天都要經過豬肉檔一次。然而，許多時候，因為顧客太多而令她不能走近肉枱。

這天，她幸運地走到肉枱前，還用手機拍下了他切豬肉時的美態。她把照片遞給丈夫看，氣得丈夫大發雷霆：「豈有此理，我好歹也是區內有名氣的肉類切割員，你竟然找他拍照？這件事給同行知道，我顏面何存？」

「人家是明星切割員，你算是甚麼？」

「你看，他戴着口罩，只露出雙眼⋯⋯這就是明星？」

「你只是妒忌別人吧。」

「我妒忌他？」他拿出口罩，戴在臉上，然後撥了撥頭髮，「我也是明星切割員。」

「你？」她語帶諷刺地説，「差得太遠了。」

「差甚麼？」

她指着他的啤酒肚説：「你有這個大肚腩已當不成

明星。」

「我從現在起，不喝啤酒，不消三個月就是肌肉男。」

她指着他的上衣：「怎會有明星穿得市井一樣？」

「在街市工作就是市井……」他嘆了一口氣，「明天開始，我穿得斯斯文文，可以了吧？」

她又指着他的嘴巴：「沒有明星會當眾抽煙的，當然，也不會滿口粗言。」

「在街市工作就是如此。……好的，好的，我不抽煙，不說粗言穢語。」他堅定地說。

「我就看看你能不能堅持三天。」

「我會堅持三個月，讓你知道真正的明星切割員是怎麼樣的。」他信心滿滿地說，「街市街的明星切割員即將誕生……」

他果然言出必行，改掉所有壞習慣，澈底改變了自己舊形象。

//////////

三個月後，她跟丈夫說：「有網友表示，街市街有一位新明星。」

他聽到後，露出自信的表情：「我說得對吧，只要努力三個月，我也能成為明星。」

「我現在下載明星的照片看看。」

「不用下載，明星就在你面前。」他自豪地説。

她看着手機的畫面，然後「呀！」了一聲。

「怎麼了？」

她吞吞吐吐地説：「沒有，沒有……」

「你給我看看……」他拿走她手上的手機，看到照片後，同樣是發出「呀！」的一聲。

原來，有檔主養了一隻貓，充當了貓店長，成為了街市的新明星。

她笑着説：「你當不成街市明星也沒所謂。」

他有點不滿地説：「我竟然輸了給一隻貓。」

「沒有，沒有，」她牽着丈夫的手説，「你現在的形象很好，也改掉了所有壞習慣，不是比當明星還要好嗎？」

38

山邊小館

/ 文婷

「哎呀，想餓死人嗎？」陳伯自顧自地將放在桌上的椅子搬下來，埋怨地道。

「年輕人喲，總是不顧咱們幾個老東西的死活，已經幾天吃不到你做的魚柳包。你不要總是想着到處去玩，趁年輕趕緊學習好手藝，好好做你爸爸的傳承人。」梁伯緊接着說道。

阿初才剛剛將貨搬到店裏，用手指了指門口的告示：「東主外遊，放假一天」。陳伯不服氣似地說：「快點來一個炸雞腿給我，否則，我不放過你。」

阿初將提前一天醃製好的雞腿，蘸上特別調製的炸漿，在油冒泡的時候將雞腿放進去，雞皮便瞬間炸開了花，時間控制在六分鐘，就能夠讓雞腿炸得既熟又嫩。

「多謝大家捧場，能聚在一起打球。」

「何時再約？」

阿初看了眼朋友群組的訊息，門外坐着每天都會打電話問他今天開不開店的陳伯，正坐在小凳上翹首期盼他的炸雞腿。阿初快速地回覆訊息：「店裏忙，暫時走不開，再說吧！」

本想在畢業後從事媒體行業的阿初，也曾被朋友質

疑過：為甚麼要放棄所學，改做飲食行業？他也沒想過，起初只是因為疫情，許多店舖都提前關門，以節省開支，但爸爸作為象山邨的老街坊，也知道象山邨是座「孤島」，邨民外出不便，老街坊只能到附近的石圍角或者梨木樹就餐。若是連他們的快餐店也要提早關門，邨內的居民便更難解決吃的問題了。於是，阿初接替父親，撐起晚市。

「初仔，手藝不錯，真好，還是十幾二十年前的那個熟悉的味道。」陳伯咬上一口炸雞腿，滿足地說道。

「對呀，許多店舖都倒閉了，幸得這家快餐店還在，不僅可以吃到舊有的味道，連店裏的裝潢還是最初來到的樣子！你看一號桌的牙籤筒，有點變形吧！那是十年前，我不小心弄翻熱水造成的。這是很久以前的事囉！」梁伯接着說。

「是呀！原本樓下還有家賣沙爹燒賣的，我家孫子每天放學都會盼望放學的鐘聲響起，拽着我要給他五元，然後吃上一份燒賣。究竟是在哪個時候，燒賣檔消失了呢？」

阿初笑了一笑，「就讓時間在這裏停止吧，我會儘量保留茶餐廳的面貌。」阿初將桌上的小碟收拾進桶裏，繼續工作。

39

屋邨老店

// 徐振邦

　　他帶着祖母在九龍乘搭 32 號巴士，到達石圍角巴士總站——一個他很熟悉的巴士站。

　　他和祖母曾經在石圍角邨居住多年，後來才搬到九龍居住。闊別逾二十年，兩個人一直沒有回來。這次重遊舊地，除了是有傳聞要清拆邨內的舊舖外，他還想帶祖母四處走走看看。

　　一年前，祖母患上認知障礙症，記憶力及其他認知功能逐漸下降，已忘記不少人和事。

　　為了緩和祖母的病情，他想讓祖母多點外出走走，所以，他只要有時間，就會帶祖母四處逛逛。這天，他決定帶祖母來到昔日的舊居。

　　甫下巴士，祖母已嚷着要帶我去商場逛。祖母似乎對石圍角邨周遭的環境仍很熟悉，一點也不像是患有認知障礙的老人。她說：「你還記得嗎？你每天放學都要嚷着去麥記吃東西的。」

　　「是嗎？我忘記了。」我誇讚祖母說，「你的記憶力真好。」

　　「當然。你還要坐在麥記叔叔旁邊，否則就要大吵大鬧。」

「竟然有這樣令人尷尬的事？」

「我記得很清楚：上星期，我帶你去麥記，你還爬在麥記叔叔身上，結果被職員責備呢。」

「上星期我爬到麥記叔叔身上？」我感到匪夷所思，「怎麼我一點兒印象也沒有呢？」我當然明白，祖母的記憶出現混亂，只在腦海中拼湊了一些昔日的零碎舊片段。

「你被麥記的職員責備，就馬上逃跑了。你當然不知道這件事，我要不斷向職員道歉才沒有事呢。」

「你放心吧，我答應你，我以後都不會爬在麥記叔叔身上，好嗎？」

祖母點點頭，千叮萬囑地說：「總之，你不要再頑皮，否則，我們又要捱罵了。」

「好的，好的。」我答應祖母的要求。試問，我這個中年人士，又怎可能爬在麥記叔叔身上？

祖母拉着我的手，走入麥記餐廳，就像兒時牽着我的手一樣。

我們走進麥記餐廳，坐在麥記叔叔旁的座位，說：「你上星期就是坐在這裏，然後又跑到麥記叔叔旁，二話不說，就爬到麥記叔叔身上了。」

「我上星期坐在這裏嗎？」

「我記得很清楚。」祖母點點頭。

在我的印象中，麥記叔叔的位置不同了，大概是上次餐廳裝修時，把麥記叔叔搬了位置。當然，祖母是不可能記得麥記叔叔的正確位置。

祖母叫我坐下來，說：「漢堡包、薯條，配可樂，對嗎？」

「對。」

「雪糕……你昨天說過要吃雪糕的。」

「對，對。」我附和着，「我要雪糕，幸好，祖母你還記得，謝謝你。」

「你乖乖地坐在這裏，我去買漢堡包。」祖母放輕聲音，「不要告訴你爸爸，他昨天說過：不許你吃雪糕。」

「好的。」我吐了吐舌頭，表示知道。

我望着祖母排隊買東西的背影，感覺她仍記得舊日的生活片段。這是在過去幾個月以來，她回憶起最多的畫面。我心想：「今天舊地重遊，實在是不錯的決定。」

祖母吃着漢堡包時，我問道：「你還記得郵局那邊有一間茶餐廳嗎？」

「當然記得……但你還未吃完麥記，又想吃茶餐廳？你能吃得下嗎？」

「不，不是現在去茶餐廳。」

「甚麼時候去茶餐廳？」

「下星期六，我們再來石圍角，好嗎？」

「好，我很喜歡這裏，下星期六，一定要再來。」

祖母笑着説，「你每次去茶餐廳都要吃炸雞腿⋯⋯」

葵青區

40

十一座爺爺

/ 文婷

　　抬頭看看掛在牆上的鐘，原本以為已經十點了，不曾想時鐘上的短針才堪堪指向八，志穎煩躁地撓撓頭，朝着門口的方向喊道：「來看看，有小炒，有小菜。」

　　「喂，您好，食口福，請問你想點甚麼？」

　　「好的，嗯，一份魚香茄子煲，一杯凍檸檬茶。」

　　「十一座，1232 室。」

　　張姨看了看單子，諂媚地一笑，讓志穎一會兒去送外賣。

　　志穎在這家餐廳做了幾個月，應聘做服務員，但是入職之後才發現，原來自己就是打雜的：她是服務員、收銀員，而當接到電話訂單時，又要變成外賣員。就像現在，她拿着一份外賣，面無表情地走向十一座。

　　「十一座」可不是甚麼私人屋苑，而是一座在石籬的政府中轉屋，讓有需要的人作暫時居住。志穎經過商場，穿過石廣樓，來到「十一座」。晚上陣陣的陰風吹來，在昏暗的路燈下，讓志穎冷得不由地顫了顫。

　　「十一座」只有隔層有電梯，志穎還要走上一層。同一層樓裏，卻有四五十個單位，循着長長的門牌號，才找到 32 室。這裏沒有門鐘，志穎只能低聲地叫喚：「外

賣到！」

志穎隱約還能聽見隔壁家播放的新聞報道的聲音，只聽見屋裏的人應了一聲，卻遲遲沒有開門。志穎有些不耐煩，等會兒還要送另外一份呢；要是送遲了，客人可能會對她指指點點。

過了好一會兒，一位瘦削卻很有精神的老爺爺打開半虛掩的門，接過外賣，抱歉地遞上錢，還額外拿出一張紫色的十元膠鈔說：「不好意思，讓你久等，這是給你的貼士。」

志穎不好意思地擺手說：「不用不用。」可老爺爺已經笑着關上了門。志穎這才想起離開茶餐廳前，張姨那個意味不明地笑是怎麼一回事。

志穎回到餐廳，張姨便湊過來，「怎樣怎樣，那個十一座的客人是不是特別大方？給了十塊的貼士？」

「那是老爺爺的錢，我不好意思地收下。」

「沒甚麼不好意思的，老人家沒甚麼開支，還有政府的『生果金』，日子過得闊綽。」

再見到那個老爺爺時，是在某個平常的夜晚。志穎照舊在晚市過後站到門口招徠客人，只見那個老爺爺拄着拐杖，另外一條褲腿空蕩蕩的，依舊很精神，還帶着笑。

「今天怎麼不叫外賣？」

「哈哈，今天就不麻煩你們了，我自己來買，給我來一份魚香茄子煲。」

然後他拄着拐杖，肩膀上掛着那份魚香茄子煲，慢慢地慢慢地消失在馬路的盡頭。

41

第十一座

// 徐振邦

　　上世紀七十年代，我爸搬到第十一座居住。這個第十一座是新落成的公共屋邨，叫石籬邨。

　　石籬是新發展區，附近除了公共屋邨外，只有工廠區。由於爸爸在工廠區工作，加上之前是住在附近山邊的寮屋，對於能搬上公屋一事，爸爸覺得是中了彩票一樣，值得慶祝。當時，爸爸曾經說過：「如果能夠在這裏終老，也算不錯。」就是這樣，爸爸在第十一座住了二十多年。

　　而我，在出世後，也是在這裏居住。我在區內讀書，平日愛遊玩的地方不多，最喜歡是在住所不遠處的探奇遊樂場而已。隨着弟妹的出世，我們一家成為了擠迫戶，可以申請更大的單位，以改善居住環境，所以，我們一家成功申請調遷，搬到九龍居住了。於是，我們離開了初嘗上樓滋味的第十一座。

　　好景不常，我們在九龍住了好幾年，被一場無情大災毀了家園。在政府的協助下，我們獲安置到中轉屋暫住。出乎意料之外，我們又返回第十一座，住在與舊單位同層的另一個單位。

　　我們再次入住第十一座，自然對居住環境不會感到

陌生。不過，離開了第十一座多年，周遭的環境的確變化了很多。例如，石籬邨早已開始了重建工程，只餘下第十和十一座是舊式的公屋，連著名的探奇遊樂場也改建了。爸爸苦笑着：「這裏太陳舊了，希望可以儘快搬到其他地方就好了。」

結果，在中轉屋又住了幾年後，我們再次搬走，到私人屋苑居住了。這次離開了第十一座，我們再沒有回來了。

直至 2022 年底，我和爸爸再次來到第十一座，也是最後一次回來。據說，這裏終於要清拆，所以，趁着在清拆之前，我們想重遊舊地，緬懷一下。

爸爸在第十一座樓下向上望，嘆了一口氣：「這裏有太多回憶，實在不捨得清拆。可是，這類舊屋邨已破爛不堪了，清拆也是應該的。」

我點了點頭：「我的童年回憶全在這裏，現在只好埋在心底。」

我們在第十一座的圍板前逗留了一會兒，拍了幾張照片，以作留念。期間，我們遇到兩三個舊街坊。我們寒暄了幾句，知道他們仍在區裏居住。

我們幾個舊街坊在附近的「食口福」聚聚舊，緬懷一下，說說笑笑。然後相約在一個月後，在十一座正式

清拆前，再一次到茶餐廳見面。

　　茶餐廳老闆娘聽到後，笑着説：「多謝你們賞面支持，不過，下個月，本店亦要結業了。或許，你們要到別處相約見面了。」

42

雙餸飯

// 徐振邦

他住在打磚坪街一座工廠大廈內的劏房。

這個由工廠大廈改建而成的劏房——沒有窗，沒有獨立廁所，也不能生火煮食；連可以洗澡的公共空間，只有一個經常失靈的電熱水器。他之所以仍在這裏居住，就是租金便宜。一個平方七十呎的劏房，只需一千九百元，實在是吸引。

為了節省金錢，他吃得毫不講究。說穿了，只要是價格便宜而又能填飽肚皮的，他吃甚麼根本是不在乎的。

他最喜歡的，是工廠大廈飯堂的兩餸飯。他經常說：「兩個菜都是肉，配上一大碗例湯，還可以加飯。這樣，一定可以吃得飽。」

工友跟他說：「這間飯堂真的不錯，例湯無限量提供，直至食客把湯喝完為止。例湯雖不是老火湯，但勝在湯料足，有肉有菜。」

「這間飯堂真的不錯，只是有點貴，兩餸飯要四十六元。」

「是的，這間飯堂收費不算便宜，所以我去了另一間飯堂用餐。」工友用手指指着圳邊街一座工廠大廈。

「為甚麼？那間較便宜嗎？」我好奇地問。

「不是，同樣是四十六元。」

「那麼，有甚麼吸引之處呢？」

「在午膳時間高峰期前入座，可以有減兩元優惠。」

「兩元？」他聽到有兩元優惠，雙眼猶如發光一樣，「四十四元總算是節省了一點。」

另一位工友則說：「那邊有一間更便宜的。」

「甚麼？」他簡直不敢相信，「兩餸飯要多少錢？」

「二十五元。」

他嚇了一跳說：「二十五元？怎麼可能這麼便宜？」

「兩餸飯二十五元，例湯要加五元，飲品又要加五元。」工友解釋道，「一分錢，一分貨，加起來也要三十五元的。」

「原來如此。」他表現得很雀躍地說，「有飯有湯，又有飲料，只是三十五元，比我平日吃的，便宜得多。正所謂小數怕長計。一餐慳九元，十餐就有九十元了……」

「這個價錢的確是很划算。」

「對於我這類低收入人士來說，能夠用二十五元買到一盒飯，確實是天大喜訊。」他拉着工友說，「你快

點帶我們去用餐吧。」

正當他們一行五人想去吃平價兩餸飯時，又有另一位工友走到他們面前。

「吃飯了嗎？」

他遞起手上的外賣：「我的午餐在這裏。」

「午餐是甚麼？」

「肉餅和咕嚕肉，這是兩餸飯。」

「飯盒的份量都很充足。」他望着對方的飯盒，然後繼續說，「這個也很便宜。」

他胸有成竹地說：「二十五元，對嗎？」

工友搖着頭。

「那麼，你下次跟我們一起去買飯盒，聽說有一間只賣二十五元。」

「二十五元嗎？」

他點着頭說：「很便宜吧。」

「我這個兩餸飯只要二十四元而已。那間兩餸飯小店新開張，特價酬賓兩天。」

他望着工友，嘆了一口氣：「兩餸飯真的變成了窮人恩物嗎？」

離島區

43

寶藏

// 徐振邦

他說要帶她去尋寶，她冷笑了一下，說：「尋寶？香港有甚麼地方還可以尋寶？」

她跟着他，來到了長洲。她帶着不屑的語氣說：「難道你要帶我去張保仔洞？」

他點點頭，興奮地說：「是的。你去過了嗎？」

「唸初中時，老師已帶我們去過了。」

「你找到寶藏了嗎？」

「怎麼可能會找到寶藏？」

「運氣好的話，可能真的有寶藏呢。」

「你究竟有沒有去過張保仔洞？」她感到疑惑。

「沒有。」

「難怪你有這個想法。」

「不要再說了，街渡就到碼頭，我們出發吧。」

他帶着她，由中環坐船到長洲，再轉街渡到西灣，然後步行到洞口。

他牽着她的手，走到洞口。他開啟了手提電話的電筒功能，二話不說，就衝入洞口。

這天不是假日，沒有其他遊洞的遊客，就只有他們二人遊洞。

進入伸手不見五指的洞穴後，他用左手提着電話，右則牽着她的手。

對他來說，首次遊洞，是有點緊張和刺激的；而她雖然不是第一次遊覽，但仍覺得遊洞很有趣。

由於洞身狹窄，他又要忙於尋找寶物，結果多次撞到了頭，痛得他不斷大叫。經幾辛苦，二人終於走出了洞。

她用有點質問的語氣對他說：「找到寶藏了沒有？」

他苦笑着說：「這個嘛……」

「我早就跟你說……」

她還沒有說完，就被他打斷了：「我找到寶物。」

「你找到？」

他把手伸入褲袋，然後拿出一條手鏈。

她看着手鏈，真的不敢相信：「怎麼會這樣？」

他把手鏈戴在她手上，說：「生日快樂。」

「這真的是你找到的寶物？」

「是的。」

「真的？」

「當然。」

「那麼，你沒有為我準備生日禮物？」

「我……」被突如其來的提問，他答不上腔。

「這條你找到的寶物，由我來保管，現在我們再去買生日禮物吧。」

　　他笑了一笑，說：「當然可以。現在我們出發，去買生日禮物……」

44

最後的迪士尼

/ 文婷

阿斌最終還是來到了這個地方——聽着四處縈繞着歡聲笑語，以及周圍漂浮着各種彩色的氣球。

「爸爸、爸爸，我們快點進去吧！」

「好啦好啦，我還要去售票處拿票才行，別心急。」阿斌笑着說。

今天是兒子幼稚園的畢業班的親子活動日，上午到迪茵湖拍畢業照，下午的行程便是到迪士尼遊玩。阿斌本是不願意來，但撐不過妻子的話：「兒子畢業是人生大事，既然是週末，當然不能缺席。」

阿斌回憶着：上一次來的時候還是冬季，迪士尼樂園剛開業不久的 2005 年。阿斌家境並不富裕，但是在小學畢業前旅行那天，爸爸媽媽答應他，要帶他去迪士尼遊玩，令他開心得不得了。阿斌還記得，那天天氣陰暗灰冷，爸爸媽媽還因為早餐的小事而起爭執，只是阿斌完全沒有在意，心裏只有迪士尼。

他們在一起玩了「小小世界」、「動畫藝術廊」過山車，直到傍晚，他吃着雪糕時，媽媽開腔道：「斌斌，媽媽以後就不能陪你了，你以後要聽爸爸、爺爺和奶奶的話。」

「媽媽，你不要我了嗎？」可是，只換來媽媽淚流滿面、沉默不語的表情。

　　眼淚很苦澀，被風吹過的臉頰刺痛。從那天以後，他再也沒有見過媽媽，而爸爸也有了新的女朋友。他跟着爺爺奶奶長大，就這樣一晃十多年了。在阿斌心中的迪士尼，只留下那種從極度的快樂到極度傷心的感覺。阿斌再也不想體驗到這種感受。

　　「爸爸、爸爸，我們一起去玩灰熊山吧！」

　　「傻瓜，你還太小，不能玩這麼驚險的遊戲呢！」

　　「沒關係，爸爸，你也去玩嘛！你去玩讓你開心的，我和媽媽在下面看着你玩，等你下來，再告訴我好不好玩。」

　　阿斌內心一動，阿斌那個只有六歲的兒子在玩得開心的時候，還沒忘記讓別人開心。當灰熊山的列車慢慢開到最頂端，又從最頂端急速滑落，阿斌暢快淋漓地尖叫出來。他覺得心裏曾經空出的一塊又慢慢長滿了血肉。

　　晚上的煙花匯演，燦爛的煙火在空中盛開，阿斌將兒子舉在肩膀上，他扶着兒子小小的手，肩膀很沉重，但是內心卻很暖。

註：港鐵迪士尼站和香港迪士尼樂園美國小鎮大街起以北園區屬荃灣區，
　　美國小鎮大街起以南園區及酒店區屬離島區。

寫在書後

徐振邦

　　我喜歡寫香港，經常把涉及香港的元素加入文章裏。然而，微型小說的篇幅有限，未必需要交待所有內容細節，於是，小說的場景是否與香港有關，並非一定要說明。

　　為了把香港元素滲入微型小說之中，我刻意在小說內容扣上本土文化，成為富有香港特色的微型小說。我還貪婪地把香港元素推展到十八區，想做到「區區都有微型小說」。擬好了寫作方向，拉了文婷參加，並得到明報教育出版聰明館的支持，終於在 2023 的書展，推出了《香港山旮旯》。

　　書出版了，讀者反應很好，認為用微型小說來說香港，是一種突破，是一種新寫法。

　　在得到外界的認同，以及明報教育出版聰明館的全力支持下，我和文婷繼續撰寫香港微型小說，於 2024 年寫成了《香港山旮旯 2 約定待續》。

　　在此，我要感謝明報教育出版聰明館編輯部一眾負責《香港山旮旯》系列的員工，為這本書的出版，付出了不少心血；感謝愛香港，支持微型小說，喜歡《香港山旮旯》系列的廣大讀者，讓我和文婷得到很大的創作動力。

當然，我更希望所有熱愛香港的人，可以一起進行創作，寫下屬我們的「山旮旯」。

香港作家巡禮　**香港山旮旯 2　約定待續**

作者：　文婷、徐振邦
繪者：　Gloria Poon
主編：　譚麗施
美術設計：　賴文龍
系列設計：　張曉峰
封面題字：　尹孝賢

總經理兼
出版總監：　劉志恒
行銷企劃：　王朗耀、葉美如
出版：　明報教育出版有限公司
　　　　香港柴灣嘉業街 18 號明報工業中心 A 座 15 樓
　　　　電話：(852) 2515 5600　　　傳真：(852) 2595 1115
　　　　電郵：cs@mpep.com.hk
　　　　網址：http://www.mpep.com.hk
發行：　香港聯合書刊物流有限公司
　　　　香港新界大埔汀麗路 36 號中華商務印刷大廈 3 樓
印刷：　創藝印刷有限公司
　　　　香港柴灣利眾街 42 號長匯工業大廈 9 樓
初版一刷：　2024 年 7 月
定價：　港幣 88 元｜新台幣 395 元
國際書號：　ISBN 978-988-8796-67-0

© 明報教育出版有限公司

補購方式

網上商店
- 可選擇支票付款、銀行轉帳、PayPal 或支付寶付款
- 可選擇郵遞或順豐速遞收件

電話購買
- 先以電話訂購，再以銀行轉帳或支票付款
- 訂購電話：2515 5600
- 可選擇郵遞或順豐速遞收件

mpepmall.com

讀者回饋

感謝你對明報教育出版的支持，為了讓我們能更貼近讀者的需求，
誠邀你將寶貴的意見和看法與我們分享，請到右面的網頁填寫讀
者回饋卡。完成後將有機會獲贈精美禮物。數量有限，送完即止。

https://www.mpep.com.hk/hkflashfiction